www.einaudi.it

ISBN 978-88-06-23397-6

Simona Sparaco
Sono cose da grandi

Einaudi

Sono cose da grandi

a Valter,
che è con me in questo grande viaggio

Questa lettera ha inizio d'estate, l'estate dei tuoi quattro anni. Quando le mie paure si sono schiuse davanti alle immagini di una strage. Poco dopo la Terra ha cominciato a tremare. E anche io sono stata contagiata da quel tremore, perché l'ho avvertito dentro di te.

Queste parole sono rivolte al tuo sguardo rotondo, pieno di fiducia, bisognoso di un poi.

Ricorderò sempre quel che è accaduto. Davanti a un televisore acceso. La paura che si insinua nei tuoi occhi. È stato un attimo, un battito d'ali, ho riconosciuto un tremore che prima non c'era.

Fino a quel momento avevo avuto la prontezza di cambiare canale ogni volta che la violenza di una scena irrompeva dallo schermo.

– Sono cose da grandi, – ti dicevo, quando tu, vispo e curioso, mi chiedevi di tornare indietro. Sembravi guidato da un istinto ingordo e avevi il distacco dello scienziato. Il mondo è per te un luogo da scoprire. Non provi ribrezzo quando prendi in mano uno scarafaggio e giochi con le sue zampette che si agitano nell'aria, non hai paura che ti punga o che possa nascondere un veleno letale.

Ma quel giorno l'insetto che avevamo davanti era l'immagine di un camion bianco che si getta sulla folla investendo adulti e bambini. Era la voce del giornalista che descriveva l'orrore di chi ha visto un padre o un figlio morire, su una strada, la Promenade des Anglais di Nizza, che fino a quel momento tu non avevi mai sentito nominare. Eppure era vicina. Tra le immagini del disastro c'era un passeggino identico al tuo. Una scarpa da ginnastica uguale a quella di tua cugina, ma insanguinata. Un peluche non tanto diverso da Bibi, l'orsetto che dorme con te da quando sei nato.

Ero troppo sconvolta per cambiare canale. Non mi sono neanche accorta che eri rimasto seduto lí accanto. La casa dei nonni è sempre un viavai disordinato, ti pensavo fuori, a giocare in giardino. Invece la tua voce acuta ha interrotto il brusio del telegiornale e ha aperto un varco nell'ipnosi collettiva.

Quella volta me lo hai detto tu: – È da grandi –. Avevi un tono supplichevole, lo sguardo liquido, pieno di sconcerto. Eri pallido, sembravi di pietra.

Ed eri tu, non io, a voler cambiare canale.

La nonna ti ha preso in braccio. E, mentre ti portava via, i miei occhi continuavano a frugare dentro i tuoi, tentando di decifrare la paura che ti era scivolata dentro, viscida e quatta. Una paura che non avevo mai neppure intravisto sul tuo volto e che adesso invece, con le sue zampette sottili, in un lampo si era spinta fino in fondo. Tu nascondevi il viso nei capelli della nonna mentre la paura se ne stava già rintanata da qualche parte dentro di te, a deporre le sue temibili uova.

Sin da che ti portavo in grembo mi sono misurata con l'urgenza di proteggerti. E ancora oggi, con l'insensatezza dell'istinto materno, vorrei poter dire che non è successo nulla. Ma cosí non è. Ho visto il modo in cui, la sera, stringevi Bibi prima di addormentarti. Ho letto il riflesso della paura nell'incubo che ti ha svegliato la notte, e in tutte le volte che da allora mi hai chiesto: – Mamma, dove vai? – preoccupato che potessi scomparire da un momento all'altro.

Li sentivi chiacchierare, i bambini piú grandi. Appollaiati sopra i letti a castello di legno, in montagna, figli di amici che tiravano tardi la sera e davanti a te parlavano dell'Isis come di un'entità simile all'uomo nero, come se i suoi seguaci non fossero, in alcuni casi, anche loro ragazzi dalla faccia pulita e l'aria da studiosi insospettabili. Temevano che quest'uomo nero potesse arrivare in qualunque istante e in qualunque luogo. Eravamo tutti in guerra, dicevano, nessuno escluso. Uno di loro ha detto alla sua mamma: – Voglio imparare l'arabo. Cosí, se arrivano i cattivi dell'Isis, io faccio finta di essere musulmano.

Che cosa avrai capito tu di quella richiesta, del baratto di identità che sottintendeva? Hai solo quattro anni, non puoi capire.

Ecco il perché di queste parole, amore mio. Le sto scrivendo anche per raccontarti quello che so sulla paura. Nell'illusione di offrirti quasi un manuale di sopravvivenza.

Le affronto per la prima volta, le mie paure, e mi chiedo se non siano le stesse che albergano nei cuori delle altre madri. Penso a loro, e rivedo il viso della mia. Le sue mani strette sulla vestaglia rossa, mentre sbircia fuori dalla finestra e socchiude lo sguardo scrutando il cielo nelle notti piene di musica da ballare, quella musica che mi faceva perdere la cognizione del tempo.

La rivedo mentre mi aspetta sveglia, anche fino all'alba. E mi sembra di sentire mio padre che dal letto le dice: – Memi, dài, vieni a dormire.

Vado ancora piú indietro e penso alla tua bisnonna, Diego. Immagino le sue giornate in tempo di guerra. La sua faccia mesta quando divide il cibo per le figlie sul ripiano della credenza, allunga il latte con l'acqua, raccoglie le briciole di pane dal tavolo e se le infila in bocca, per mettere a tacere lo stomaco che brontola.

Penso ad altre madri come lei. Le vedo sobbalzare al suono delle sirene, scendere di corsa le scale dei rifugi antiaerei con i bambini in braccio. Mi sembra di sentire i boati delle bombe. È una paura che non conosco da vicino, ma presumo che quella paura svanisse quando le radio annunciavano la fine della guerra. Le nostre radio forse non lo faranno mai. Per questo abbiamo smesso di chiedercelo, se e quando tornerà davvero e per chiunque la pace.

Sarà un caso, ma da quest'estate hai cominciato ad avere paura del buio e la sera ti addormenti con la luce accesa. Prima di andare a dormire, passo nella tua stanza, spengo gli interruttori e lascio aperta la porta.

Sei ancora un bambino con le labbra lucide di saliva e i dentini un po' sporgenti per via dell'abuso di ciuccio. La tua identità sono ancora le mie storie, le fatine che invento per te rimboccandoti le coperte. Il latte che non ho smesso di darti prima che ti addormenti. La nostra macchina piena di canzoni mentre ti porto all'asilo. La mia sbadataggine che ti fa tanto ridere. La tua identità è ancora la squadra strampalata, ma tutto sommato efficiente, che io e te insieme siamo riusciti a costruire.

Hai una mamma che ama trasformare la realtà che ti circonda, inventare una storia a partire da qualsiasi dettaglio in grado di catturare la tua attenzione. Il problema è che non so ripeterla sempre uguale, e cosí spesso mi affido a un libro per non correre il rischio di deluderti. Mi affido alle parole di qualcun altro per alimentare la tua fantasia bisognosa di ordine e ripetizione.

Nelle storie che ti leggo c'è sempre un nemico, un pericolo che mette a soqquadro l'ordine iniziale spingendo il protagonista al cambiamento.

La tua vita richiederà continui cambiamenti, Diego. Devi essere coraggioso e pronto. Per questo qualcuno ha inventato Scar del *Re Leone*, o Shere Khan del *Libro della giungla*. Per insegnarti che il male vuole sempre qualcosa in cambio. Nelle favole il male ti mette alla prova, e vuole la tua morte, ma non muore mai insieme a te. Nelle storie che conosci, il male non è imbevuto di fanatismo religioso e non insegue un futuro oltre la vita pieno di discutibili ricompense.

È il male di questa nostra epoca ad aver trasceso le regole fondamentali di qualsiasi narrazione. Ad aver trasformato un padre in un combattente disposto a imbottire il figlio di tritolo per mandarlo a uccidere altri figli come il suo. Ad aver soffocato qualunque sentimento di umana compassione.

Il mondo che mi ha visto bambina è molto diverso da quello, liquido e frastornante, che stai conoscendo tu.

Gli adulti che osservavo alla tua età credevano in poche cose, ma erano quelle. Il segno della croce, le domeniche a messa, le partite di pomeriggio, le tombole natalizie. Mia nonna ripeteva sempre gli stessi quattro proverbi, che andavano bene in ogni occasione. I miei genitori – i tuoi nonni – mi sembravano privi di dubbi. Di sicuro non si mettevano mai in discussione davanti a me. La camera da letto era il loro confessionale e l'arena di ogni controversia: lí trovavano un accordo prima di affrontarmi. Si sono giurati fedeltà eterna davanti a un altare e nei ventisette anni in cui ho abitato con loro non li ho mai visti venire meno alla promessa fatta.

Esistono luoghi sulla Terra in cui le convinzioni si radicano ancora con forza, cosí come accadeva quando ero piccola io, e l'indottrinamento, soprattutto religioso, comincia presto, persino con violenza. So che certe convinzioni possono arrivare a prevalere sull'umana compassione, ma so anche quanto sia profondo il bisogno di qualcosa in cui credere, quanto ci attanagli tutti. Trovando qualcosa in cui credere, talvolta si trova anche il coraggio. Un coraggio che non ti nascondo di desiderare. Invece annaspo, come tanti, senza vergognarmi nemmeno di scrivertelo.

Oggi so qual è la paura piú grande di una madre. È quella di consegnare suo figlio al mondo.

La paura che ho visto quest'estate nei tuoi occhi: sono stata io a generarla?

Mi chiedi sempre regali, pretendi qualunque cosa ti propongano gli spot televisivi, le vetrine dei giocattolai. – Guarda, mamma! – ripeti indicando gli oggetti che ti colpiscono con i loro colori e la loro promessa di meraviglia.

A volte m'infastidisce l'esserino che cova dentro di te tutti questi bisogni materiali. È sempre piú inquieto e, mio malgrado, galoppa ormai a briglie sciolte.

Forse da piccola ero anch'io cosí, ma i miei genitori mi hanno educata al desiderio e all'attesa, ed è quello che sto cercando di fare con te.

Per il tuo terzo compleanno – ricordi? – mi hai chiesto in dono un camion della spazzatura. Sono la tua passione, passeresti le ore a guardarli in azione. Ti conoscono tutti i netturbini del quartiere. Il tuo preferito, Alessandro, ti prende spesso in braccio per mostrarti come funzionano i comandi. È un ragazzo gentile, che sorride sempre. Se avessi il suo numero, lo chiamerei per invitarlo alla tua prossima festa. Con la sua tuta arancione, è lui il tuo supereroe, meglio di Hulk, Iron Man o Spiderman. Sono sicura che lo accoglieresti con la stessa eccitazione che avevi quando hai scartato il tuo primo camion giocattolo.

Allora, Diego, immagina che in ogni comunità, in ogni famiglia, in ogni luogo al mondo dove c'è un legame, esista anche una scatola: una scatola magica. E che in quella scatola abbiamo il compito di mettere i nostri desideri, i nostri sogni, i nostri progetti.

Uno dei tuoi supereroi preferiti, decidi tu quale, anche Alessandro, un giorno passerà a controllare il contenuto della tua scatola e, solo se troverà anche un ingrediente segreto e fondamentale, trasformerà i tuoi desideri in realtà. Sí, hai capito bene: *segreto e fondamentale.*

Mentre ti scrivo rivedo la smorfia che fai quando spalanchi la bocca se una cosa ti stupisce o diverte, e già mi basta. So che non mi domanderai quale sia l'ingrediente segreto, perché stai già pensando a cosa mettere dentro la scatola, oltre alla spada di *Star Wars* e alla barca telecomandata che hai visto l'altro giorno al lago. Per l'ingrediente segreto c'è tempo. Prima naturalmente vorrai sapere se pure i vecchietti dell'ultimo piano, o la famiglia dove abitano i gemelli scalmanati, ne possiedono una.

La scatola magica ci aiuta a credere in tante cose, Diego, supereroi compresi. È una rete di protezione, una cuccia dove stare sicuri e al caldo, proprio come quella di Babú, il tuo cagnolino. Ci sono persone che l'hanno persa, o hanno deciso di buttarla via, o che l'hanno riempita di cose inutili o pericolose o nocive. Ci sono persone che smettono di avere fiducia nella famiglia, negli amici, nella scuola, nello Stato, persino nel dolore, che presto o tardi proverai anche tu, e che io non potrò e non dovrò evitarti del tutto, affinché tu possa crescere e diventare adulto.

La scatola può dare un senso alla tua vita, a prescindere da ciò che deciderai di metterci dentro. Persino i cattivi delle fiabe, o quelli dell'Isis, che hai sentito nominare dai bambini piú grandi, ne possiedono una, sai?

È una scatola potente, ma il suo contenuto non riguarda quello che può accadere in questo spazio e in questo tempo. Il pericolo – con quel tipo di scatole a chiusura ermetica – è che chi le possiede è interessato solo a ciò che crede accadrà dopo la vita. Tuo padre ti ha parlato del paradiso e a modo suo ha provato a spiegartelo, ricordi? Ecco: ci sono persone che per quel paradiso sono disposte a trasformare la vita in un'attesa piena di odio e di sofferenza.

Devo insegnarti a concentrarti su questa vita, la vita che stai attraversando, perché al momento è tutto quello che hai. E anche ricordarti che di solito è nell'attesa che germogliano i momenti migliori.

La mattina alle otto siamo in garage, il posto che tu chiami «la casetta della nostra macchinina». Una delle cose che ti diverte di piú al mondo è sollevare la saracinesca con il telecomando. Io a quell'ora vegeto in coma da risveglio, mentre tu saltelli già tutto eccitato.

Apro la macchina a distanza, la faccio lampeggiare. Ti dico che Pappamolla ti sta dando il buongiorno. Da quando ci siamo inventati il nome e questo suo saluto mattutino, hai cominciato a benvolerla. Prima, a ogni macchina che vedevi, mi chiedevi di cambiare la nostra. Le automobili sono la tua passione, insieme ai trenini e agli aerei. Pappamolla è un catorcio pieno di bozzi, graffi, ed è sempre un po' sporca di polvere. Ma ha un nome e ti saluta lampeggiando, tanto che ora è una macchina speciale.

Anche Babú è diventato speciale. Fino a quest'estate eri quasi geloso di lui, poi, da quando l'abbiamo perso e ritrovato, l'hai soprannominato il tuo «cucciolino». Forse stai imparando a non dare nulla per scontato. D'istinto sento che è cosí perché è ciò che con te sto imparando anch'io. Quando benedico i nostri risvegli. Quando ti faccio il bagnetto e penso che tra un po' arriverà il pudore e dovrò fargli posto. Quando mi chiedi di non uscire o di dormire nel mio letto. Nulla è eterno. Ma, se impari a viverlo intensamente, nel ricordo può diventarlo.

Avevi da poco iniziato a parlare e ogni volta che vedevi un aereo attraversare il cielo gridavi: «Papà». Sai che vive lontano, non hai idea quanto. È dall'altra parte della Terra, e sta lavorando molto, anche per te. Hai già capito tante cose senza bisogno che te le spiegassi, o forse ti sei semplicemente adeguato alle nostre scelte, senza chiederti perché.

E dire che di domande ne cominci a porre tante. Qualche volta mi trovi impreparata, ma ho imparato anche a rispondere con altre domande.

– Mamma, perché il sole va a nanna?

– Sarà stanco. Tu non lo sei?

Mi piace ascoltare la tua voce, seguire i tuoi ragionamenti. Quando capisci che sono davvero curiosa di quello che dici, t'imbarazzi, ti viene il fiatone e cambi discorso.

Dicono che assomigli a me, che mi hai «staccato» la faccia. Eppure in te io vedo tanto anche di tuo padre.

Lui lavora con i numeri, io con le parole. A te piace contare, ma anche descrivere le cose. Sei la dimostrazione vivente che due universi lontani possono trovare il modo di congiungersi. Del resto hai già vinto la sfida che noi abbiamo perso, e nel tuo stesso esistere entrambi troviamo motivi d'infinita gratitudine l'uno nei confronti dell'altra.

L'amore di tuo padre accorcia le distanze, e lui te lo dimostra ogni giorno, anche con le telefonate che la tecnologia gli consente di fare. Tutte le sere, sfidando la stanchezza e il fuso orario, punta la sveglia alle tre solo per darti la buonanotte.

Di bambini con genitori che non vivono piú insieme ormai ce ne sono tanti, non ti sentirai certo un diverso per questo. Presto capirai che i cambiamenti di rotta possono offrire delle opportunità. Ti piace giocare all'esploratore. Continua a farlo anche nella vita. Soprattutto nei sentimenti.

C'è traffico, il treno che passa sulla Flaminia ci sta superando. È sporco, pieno di scritte, ma a te piace tanto. Ti rianimi, balbetti quasi per l'emozione di vederlo cosí vicino.

– Mamma, nella scatola... vuoi che mettiamo il trenino?

– E dove vuoi andare?

– Ora?

– No, non ora, adesso si va a scuola.

– No, a scuola no! Ghiego è stanco.

Le stazioni, gli aeroporti, ti elettrizzano. Quando sali su un treno ti riempi di euforia. Ancora non conosci la paura degli attentati, la paura di cui parlano i bambini piú grandi e che raccontano i telegiornali. Non sai nulla di come funziona questa guerra totale e non dichiarata che stiamo vivendo. Per te un treno è solo una cosa pazzesca che va veloce sulle rotaie. Un aereo vero ha le ali e può volare senza la tua mano che lo sorregge.

Non sai perché ti tengo stretto a me quando c'è tanta gente. Quando vedo qualcuno con una faccia e un modo di fare sospetti mi accorgo di come – per quanto ci si possa ritenere aperti ed evoluti – la paura faccia cadere nella trappola dei pregiudizi e degli stereotipi.

Parole troppo complicate per un bambino come te, scusami. Avrai tempo per leggerle e capirle.

Non posso cancellare la paura dai tuoi occhi, ma sto imparando a dosarla dentro di me, e devo darti gli strumenti per fare altrettanto. Pensaci: se il topolino non avesse un po' di paura, il gatto se lo mangerebbe. Il topolino invece è accorto, si guarda sempre intorno prima di uscire dalla tana. E quindi per il gatto non sarà cosí facile catturarlo.

La paura serve a crescere: avrà un ruolo nella tua fabbrica incessante di anticorpi.

Quando eri piú piccolo, ti cadeva sempre il ciuccio per terra. Se succedeva dentro una casa, te lo ridavo senza lavarlo. Sono contraria a questa mania moderna di sterilizzare tutto. Sei nel mondo, e nel mondo devi sporcarti almeno un po'.

Immagina la paura come se fosse polvere. Aiuterà i tuoi anticorpi a costruire, un mattoncino alla volta, una barriera di protezione che impedirà al terrore di farsi avanti. Ricorda, amore mio, il terrore ti pietrifica, non ti permette piú di fare niente. La paura invece può essere ascoltata e compresa, accettata, se serve. Tradire la tua identità per sottrarti a qualcosa che ti spaventa, come quel bambino che diceva alla mamma di voler imparare l'arabo e spacciarsi per musulmano, apre il varco alla menzogna.

La paura, Diego, ti servirà anche per comprendere cosa è davvero importante e cosa non lo è.

La paura è quella che sentivi quest'estate quando gridavi il nome di Babú tra le stradine del porto, convinto che qualcuno te lo avesse rubato o, peggio, che lo avesse investito.

Quando lo hai riabbracciato, è scomparsa. Ma, se ci pensi, è stata proprio la paura a farti ritrovare il tuo «cucciolino».

– Una settimana a New York per le vacanze, – mi ha detto tuo padre. – A trovare zia Susan. Voglio portarlo con me.

Avete diritto a questo viaggio, e sei fortunato ad avere un padre che può concedertelo. E allora perché mi si è stretta la gola in una morsa e ho cominciato a piantare grane, a dire che eri invitato a varie feste di compleanno?

Hai solo quattro anni, e quando vai a una festa di tutto t'importa tranne che del festeggiato. Eppure mi sono impuntata.

Sono possessiva nei tuoi confronti, è vero, ma questo non c'entra, te lo assicuro.

Mentre parlavo al telefono, tu costruivi una torre con dei cilindri. Quando hai posato in cima l'ultimo, il piú piccolo, hai spalancato la bocca per la gioia di poterla finalmente buttare giú.

– Non se ne parla, – ho risposto secca, severa, mentre i tuoi cilindri rotolavano sul pavimento.

– Dimmi che posso farti cambiare idea, – ha insistito tuo padre. – Lasciami questa speranza.

– Portalo qui vicino, dove ti pare. Ma laggiú non se ne parla.

L'ho indispettito, offeso. E ho dato il via a uno dei nostri duelli silenziosi, che mi logorano.

Vuoi la verità? Dentro di me il terrore, scavalcando la paura, ha già trovato un varco. E ora mi paralizza, impedendomi di lasciarti partire e facendomi persino litigare con tuo padre. Come posso stare tranquilla sapendoti cosí lontano, a bordo di un aereo, senza di me, per raggiungere una terra dove l'altro giorno hanno disinnescato un ordigno pronto a esplodere?

La verità, amore mio, è che ti sprono a non lasciarti schiacciare dal terrore, ma sono io a essere terrorizzata.

Di tutti gli attacchi di panico che ho avuto nella vita, la metà mi è capitata in luoghi in cui mi sentivo costretta, come l'ascensore. I piú gravi, però, senza dubbio in aereo.

Se salgo su un aereo con te, penso che non possa succedermi nulla, anche perché il fatto stesso di occuparmi di te mi distrae dai mostri che ho dentro. Se salgo senza di te, invece, rischio di trascorrere il viaggio stritolando la mano di uno sconosciuto, e di soffermarmi in modo catastrofico su ogni punto della mia lista.

Al primo posto, ci sono le condizioni dell'aereo. Se è rumoroso, mi convinco che sia vecchio, e al decollo goccioloni di sudore m'imperlano le tempie. Al secondo, ci sono i passeggeri. Innanzitutto le facce. Che facce sono? Facce da tragedia sui giornali, o sospettose, da dirottatore? E poi, certo, le valigie. Che cosa contengono? Che cosa si saranno inventati quei finti passeggeri per eludere i controlli di sicurezza? Inoltre, cerco di capire se anche i loro occhi trasudano paura. Perché la paura degli altri ha il potere di contagiarmi.

Se ad avere un'aria spaventata o incerta è addirittura qualcuno del personale di bordo, allo sconosciuto cui stritolerò la mano farò anche molto male.

Al quarto posto della lista c'è il pilota, che devo studiare, prima di sedermi al mio posto. Mi calmo solo se lui mi dà l'impressione di essere riposato e affidabile.

Inutile dirti che la condizione peggiore per me, la situazione che temo di piú, a proposito di un viaggio in aereo, è se a bordo ci sali solo tu, e io resto a terra.

Ti si è rotto un giocattolo l'altro giorno, un elefante parlante. Non mi hai chiesto di conservarlo, come con la maglietta che ti avevo bruciato stirandola e che avevamo deciso di regalare a Bibi. Ti dispiaceva vedere che l'elefante non parlava piú.

L'ho preso tra le mani e l'ho studiato, per capire se era un problema risolvibile, magari solo la batteria da cambiare. Invece nulla, era proprio andato. Praticamente nuovo, eppure aveva già fatto il suo corso.

La tua delusione era palpabile. Avevi le labbra schiuse, arrese. Mi hai chiesto:

– È morto?

Ho annuito, pentendomene un attimo dopo, perché quel giocattolo non era mai stato «vivo».

– E va in cielo? – hai insistito tu.

Mi hai spiazzato. Mettermi a discutere di cielo e di morte con te, per di piú riguardo a un giocattolo nuovo ma rotto, mi è sembrato troppo difficile. Cosí ho fatto finta di non sentire la tua domanda (sí, lo so, un atto di imperdonabile vigliaccheria). Ho aperto l'armadietto della pattumiera e l'ho buttato nel cesto della plastica.

Hai sgranato gli occhi, come se stessi subendo un affronto. Quel semplice gesto aveva tradito la complessità del mondo. «Come può un elefante giocattolo volare in cielo e contemporaneamente finire nella spazzatura?», sembrava volessi chiedermi.

Ecco, mi ero incartata. Ho cercato di recuperare lasciando il cielo fuori dalla questione. – Vedi questo cesto? – ti ho detto. – Qui finiscono tutte le cose di plastica che serviranno per costruire altre cose. Magari il tuo elefante diventerà un bicchiere, nella prossima vita, chi lo sa?

Ti è parso divertente, o forse avevo una faccia buffa, fatto sta che sei scoppiato a ridere.

– Eh sí, – ho rincarato la dose. – Come è successo al nostro bollitore preferito, che è diventato un vaso per i fiori, no?

Hai riso di nuovo. E pace all'anima dell'elefante.

Un giorno studierai la chimica e scoprirai che un centinaio di elementi sono i mattoncini di tutto ciò che esiste. A seconda di come si combinano nascono animali, o piante, o altro, anche un giocattolo. Quando si muore, i mattoncini si scompongono e riassemblano in altri modi. Quindi avviene una trasformazione.

Da quando sei nella mia vita devo impormi ogni giorno di non trattenere nulla, anche ciò che è importante, per lasciarlo libero di trasformarsi. Ho salutato il neonato che eri per accogliere il bambino che sei diventato, e aspetto di vedere in che modo si combineranno i mattoncini nell'adolescente che sarai.

Nella nostra scatola magica vorrei mettere un po' piú di organizzazione mentale per me, e per te la libertà di goderti il tuo essere bambino.

– Io voglio l'aereo giallo.

– Non metterci solo oggetti, Diego, e non cosí tanti. Pensa anche agli altri.

– Anche a quelli cattivi?

– Chi sono per te i cattivi?

– ...

– Hai sentito?

– Io voglio l'aereo giallo.

– C'è una cosa che non sai, a proposito della scatola.

– Cosa?

– Se ci metti dentro troppe cose inutili, o qualcosa di sbagliato... è una scatola magica: potrebbe scomparire.

– Mamma, hai sbagliato strada!

Ho superato l'uscita, sono andata avanti sul raccordo in direzione Fiumicino. – Oh, porca miseria.

– Non si dice! È una brutta parola!

– Ma tu quanti anni hai veramente?

E mi fai quattro con la manina.

Sono una mamma distratta. Pasticciona. E tu sei della Vergine, come tuo padre. Preciso. Quando guido mi dici: – Guarda la strada, se no facciamo l'occidente –. Hai sempre avuto un modo di storpiare le parole che nasconde molte sfumature, sai?

Certi giorni metti a posto i giocattoli da solo, di tua iniziativa. Torni indietro a chiudere il portone del palazzo ogni volta che lo dimentico aperto. Quando eri piú piccolo, se cascava del cibo per terra, smettevi di mangiare finché non lo raccoglievo.

Ti ricordi quella volta che ci siamo persi tra le strade di campagna per trovare la festa di Leo, il tuo amichetto? Io che mi arrabbiavo con il navigatore e con il telefono che non prendeva. Siamo finiti in un campo di papaveri e, per riparare al danno, ti ho fatto scendere dalla macchina. Abbiamo giocato a rincorrerci, ci siamo buttati ai piedi di un grande albero finché non ha cominciato a diluviare. Tornando indietro, abbiamo visto il palloncino che poco prima ci era sfuggito. Quando siamo arrivati alla festa, eravamo tutti bagnati e non c'era piú nemmeno una fetta di torta. Le altre mamme mi squadravano come fossi una sciroccata, tu invece tornando a casa mi hai sorriso dallo specchietto retrovisore e mi hai detto: – Hai gli occhi belli –. Avevi i capelli spettinati, le guance ancora paonazze per le corse, gli occhi tondi e scuri che ridevano furbi. Eri felice.

Arriviamo spesso in ritardo, e in ritardo arrivo a prenderti anche all'asilo. Ti confesso, amore mio, che mi sembra di correre sempre. Certi giorni mi sento come un aereo su una pista di decollo, temo di aver preso troppa velocità e di perdere tutti i pezzi. Poi, basta una parola che tu dici a modo tuo, che inventi, e io mi ricompongo. Riparto.

Ci sarà un giorno in cui, uscendo di casa, non dovremo cercare ovunque le chiavi dell'auto, perché sarai tu a trovarle, a dirmi sulla soglia: «Eccole!» Un giorno in cui ci ricorderemo insieme degli incontri con gli insegnanti, dei materiali didattici da comprare, delle date in cui è stata fissata la gita annuale, degli appuntamenti sportivi, degli zainetti da riempire di merende.

Te lo ripeto sempre: – Siamo una squadra. Un po' strampalata, ma siamo pur sempre una squadra.

Stiamo crescendo insieme, per questo ti giuro che farò anch'io dei passi avanti. La prossima volta che ti prometterò qualcosa, una caramella all'uscita di scuola o una passeggiata al mare, cercherò di mantenere la parola. Non arrabbiarti se qualche volta mi fai domande precise e io ti do una risposta che non c'entra niente. Sono fatta cosí, ogni tanto mi astraggo.

Accettami per quello che sono, per favore. Prendilo come un allenamento. Imparare a farlo anche con gli altri ti servirà, soprattutto in amore.

Anche io mi devo allenare per accettare cose che mi fanno saltare i nervi. Nel nostro quartiere, per esempio, non rispettano la raccolta differenziata. L'altro giorno ho visto un ragazzino buttare un gelato nel secchio dei rifiuti di vetro. A guardarci dentro, trovi anche panini, piatti di plastica, avanzi di rigatoni, le cacche dei cani. Anzi no, quelle non le raccolgono mai. Quando portiamo a spasso Babú tu ti diverti a indicarmele. Abbiamo inventato un gioco, si chiama «Schiva la cacca»: il primo che avvista una cacca guadagna un punto. Due o piú cacche ravvicinate ne valgono cinque, e chi arriva prima a dieci vince, l'altro paga il pegno di raccogliere anche le cacche che non sono di Babú. È naturale che sia sempre tu a vincere. Ma giocare con te mi aiuta a tollerare la mia intolleranza.

Da quando sei arrivato, sono piú attenta alle questioni ambientali. Nel film *Qualcosa è cambiato* c'è una battuta che Jack Nicholson dice a Helen Hunt: «Mi fai venire voglia di essere un uomo migliore». Io l'ho capita davvero solo da quando ti conosco.

Prima di te ero disordinata, non sapevo prendermi cura di una casa e se la mattina mi svegliavo troppo presto ero intrattabile almeno fino all'una. Mi hai portato via il sonno. La mattina ti faccio ridere strabuzzando gli occhi davanti allo specchio e dicendoti che sembro un Pokémon, perché quattro anni di te sul mio corpo pesano come venti. Eppure mi hai fatto tirare fuori la grinta, bandire la pigrizia.

Quando non c'eri credevo che la libertà fosse sinonimo di ispirazione. Invece, da quando hai limitato il mio lavoro a orari prestabiliti, rendo perlomeno il doppio, e punto al nostro futuro.

Tu mi fai venire voglia di consegnarti un mondo migliore. La mia generazione e quelle che sono venute prima hanno fatto di tutto per dissestarlo. In certe angoscianti fantasie ti vedo adulto in uno scenario apocalittico, a disperarti per avere un sorso d'acqua.

Ho letto che secondo alcuni studi, se non si interviene oggi sulla questione del surriscaldamento globale, c'è una probabilità su dieci che la temperatura della Terra aumenti di sei gradi. Potrebbe accadere a breve, quando tu sarai nel pieno della tua esistenza. È come se un aereo avesse una probabilità su dieci di schiantarsi. Nessuno ci salirebbe.

Eccola, la mia paura. Te la confesso con una storia, quando ci sdraiamo sul letto e ti faccio il solletico. Le mie dita sulla tua pancia sono topolini famelici che rosicchiano il pianeta come fosse una forma di formaggio. Quello che non ti dico, che tengo lontano dal gioco, è che mi domando quanti anni avrai, o quanti ne avranno i tuoi figli, i tuoi nipoti, quando non ci sarà piú nulla da rosicchiare.

Lo sai, amore mio, c'è un detto: il battito d'ali di una farfalla è in grado di provocare un uragano dall'altra parte del mondo. Siamo tutt'uno con l'universo, sebbene tendiamo a ignorarlo. Non so ancora quanto potrò fare io per te, ma vorrei dirti che anche una piccola squadra sgangherata ma unita come la nostra ha le potenzialità per migliorare il mondo.

Dipende, Diego, dipenderà da cosa sceglieremo di mettere dentro la nostra scatola magica. Proprio come due minuscole ali di farfalla, nell'effetto domino che ne consegue, potremo forse contribuire anche noi a salvare quel che resta della forma di formaggio.

Il 24 agosto è il giorno del tuo compleanno. Ed è anche il giorno in cui la Terra ha tremato. Cosí forte da radere al suolo paesi interi, buttando giú palazzi, scuole, ospedali.

Tu dormivi, non ti sei accorto di nulla. Non sai che anche le pareti di casa nostra hanno oscillato visibilmente e che in molti si sono alzati dal letto, nel panico, pure qui a Roma.

Quando al mattino hai aperto gli occhi, mi hai fatto la stessa domanda che ripetevi da giorni: – È oggi, il mio compleanno?

Ogni volta che rispondevo «non ancora», piantavi il broncio almeno fino a mezzogiorno. Sei l'impazienza per definizione. Ma la mattina in cui ero finalmente pronta a farti festa, la felicità che avevo custodito nell'attesa aveva avuto un contraccolpo. «Centro Italia devastato dal sisma», dicevano i titoli online. Ti ho fatto gli auguri con la voce rotta dalla preoccupazione.

Di ciò che è accaduto, chissà cosa hai colto.

Hai visto le immagini dei muri sbriciolati.

Hai ascoltato i nostri discorsi, miei, dei nonni, in quel tuo modo che può sembrare distratto.

Mi hai vista telefonare a tante persone, chiedere: – E la casa, come sta?

– Mamma, anche la casa può avere la febbre? – e quella domanda mi ha dato la certezza che distratto non sei mai.

Mi hai sorpresa a piangere mentre leggevo dei bambini ai quali in un istante era stato portato via tutto.

E mi hai visto scrivere un pezzo sul terremoto per un quotidiano. Ma senza capire il perché.

Del resto non avevi neanche due anni quando facevo avanti e indietro sulla Salaria per esplorare quelle terre adesso sfigurate e raccogliere le storie che avrebbero ispirato la stesura di un mio romanzo; quando venivo accolta, proprio in quelle case che non ci sono piú, quando mi venivano offerti aneddoti e ricordi, mentre inzuppavo biscotti nel tè.

Non puoi immaginare, Diego, quanto contino per me quei luoghi. Avrei voluto che fossi già con me in quelle notti all'agriturismo di Montemonaco, quando avevo la sensazione di poter scrutare l'insondabile.

Proprio in quell'agriturismo, nella notte del tuo quarto compleanno pezzi di intonaco si sono staccati dalle pareti oscillanti. La Terra tornava a tremare. A distanza di pochi anni dalla scossa dell'Aquila, ma sempre alla stessa ora. Ancora una volta di notte.

Come posso spiegarti il terremoto? Dirti che la Terra può inghiottire qualsiasi cosa in un baleno, anche la memoria racchiusa negli oggetti, nelle fotografie, nei souvenir acquistati durante le vacanze. Guardi sul giornale la fotografia di un bambino che avrà all'incirca la tua età. Se ne sta seduto su un trespolo, la faccia sporca di polvere, un gattino stretto tra le braccia e la morte appollaiata nello sguardo. – Dov'è la sua mamma? Perché è solo? – mi chiedi. – Ha male?

Come posso spiegarti il terremoto e dirti che in un attimo la tua casa, il tuo mondo potrebbero essere rasi al suolo? L'urgenza di correre fuori, all'aperto, sotto il cielo stellato, sperando che almeno le stelle restino ferme, che non ti crollino addosso pure loro. Le mani che scavano incessantemente tra le macerie, cercando quel che è rimasto sepolto e forse non ritroveranno mai.

– Sicuramente qualcuno si sta occupando di lui, ma gli è successa una cosa molto brutta e ha bisogno di aiuto. Anche da parte nostra.

La fragilità umana, Diego, è come la pistola magica del cartone animato che ogni tanto guardi, quella con il raggio laser che rimpicciolisce le cose. È la fragilità a renderci cosí minuscoli al cospetto del mondo. L'amore, invece, è una sorta di convertitore. Un laser che ingigantisce tutto e ci rende capaci di gesti enormi. Come la solidarietà espressa attraverso qualsiasi forma di aiuto. O gli abbracci in cui riprendi fiato. Le schegge di memoria che donano un perché al nostro vivere, e anche al morire. Ma non c'è convertitore piú grande del saper riconoscere la propria fragilità. Non averne timore.

Per quanto mi impegni, non potrò mai spiegarti perché esista il male sulla Terra. Nessuno può farlo davvero: filosofia e religione se ne occupano dalla notte dei tempi, e tu che di religione e filosofia non sai nulla te lo stai già domandando adesso, il perché, senza nemmeno rendertene conto, con l'ingenuità dei tuoi quattro anni. Quello che posso spiegarti, invece, è che scrutando le tue paure io scopro le mie. L'ansia di difenderti dal mondo mi fa sentire tutta intera la mia fragilità, eppure specchiandomi in te trovo una forza che prima – quando ero adolescente e spavalda – non avevo. Proprio perché so quanto siamo fragili, e perché lo accetto, proprio perché ci sei tu da proteggere, Diego, io mi sento piú forte.

C'era di nuovo paura nei tuoi occhi. Doveva averla generata la fotografia di quel bambino, e forse anche la mia risposta. Questa volta era molto piú sottile di un insetto, pareva un capriccio: quello di non voler piú uscire dalla tua stanza, di attaccarti ai giocattoli, di parlare alla casa, darle un nome, Mumú, salutarla persino, a ogni uscita e a ogni rientro, pensare a lei come all'unica cosa che c'è.

È venuta a stare un po' da noi Anna, una persona che ho conosciuto durante la stesura del romanzo e che vive vicino ad Accumoli, uno dei centri piú devastati dal sisma. Se ci pensi, c'è una strana ironia nel nome di un posto che ha insegnato ai suoi abitanti a perdere tutto di colpo.

Le abbiamo dato ospitalità per qualche giorno. Non perché fosse rimasta senza casa, ma perché aveva paura delle scosse.

Mi ha raccontato che tremava ogni cosa, il letto era finito sulla parete opposta della stanza, e scendendo di corsa le scale aveva l'impressione che i gradini si sollevassero in aria. Mi ha raccontato delle notti a dormire in macchina. Dei bambini rimasti senza la scuola, sempre pronti a scappare.

Quando ti capitava di ascoltarla, c'era un guizzo nei tuoi occhi. Una specie di eccitazione, quasi volessi esorcizzare il timore attraverso l'avventura.

Ti ho sorpreso a giocare sul divano qualche giorno dopo che Anna se ne è andata. Saltellavi e gridavi: – Il terremoto! – poi ti buttavi per terra con i cuscini che ti cadevano addosso e facevi finta di essere morto.

Allora mi sono inventata una storia. Ti ho detto: – La terra è viva, Diego.

Hai sgranato gli occhi.

– Immaginala come un'enorme tartaruga, – ho continuato. – Una tartaruga bellissima, che cammina piano, talmente piano che sembra quasi ferma. E noi siamo tutti raccolti sopra il suo guscio. Lei di tanto in tanto si stiracchia, qualche volta inciampa, e allora avvertiamo una scossa, o magari solo un tremore, dipende da quale riquadro abitiamo, quanto lontani siamo dal centro.

Tu mi ascoltavi ammutolito.

Ho caricato la fotografia di una tartaruga sul cellulare, ti ho mostrato le tessere del carapace, gli scuti, ho detto: – Le vedi, queste linee?

Hai fatto sí con la testa.

– Fanno in modo che i riquadri siano collegati tra loro. Quello che accade qui, – e ho indicato un'estremità, – si sente fino a qui, – e ho spostato il dito sulla parte opposta. – Anche se magari a cascare giú per uno scossone sono solo questi, – ti ho detto tornando al punto di partenza.

Sembravi disorientato.

– La tartaruga è un animale antichissimo, Diego. Un animale sacro. E noi siamo troppo piccoli per capire dove sta andando. Quello che possiamo fare è tenerci per mano, cosí che chi è piú vicino al bordo non cada.

A quel punto mi hai stupito, ricordando una favola che ti raccontavo all'inizio dell'estate. La tartaruga che dice a Zeus: «Voglio una casa tutta per me, in modo che vi possa entrare solo chi dico io». E Zeus che risponde: «Avrai una casa tutta tua, ma ci potrai entrare solo tu».

Hai indicato il carapace e hai detto: – È casa.

Stamattina tuo padre mi ha mandato un messaggio: un'emoticon supplichevole e un disegno che metteva insieme il tracciato di un elettrocardiogramma con lo skyline di New York. Ma io non gli ho risposto. La paura che mi cresce dentro mi confonde: qualsiasi gesto, anche il piú innocuo o seduttivo, mi sembra violento.

Quando eri piú piccolo, restavi sopraffatto dalla prepotenza di certi bambini. Reagivi guardandomi, come in cerca di una spiegazione. Poi, un attimo dopo, scoppiavi a piangere.

I primi giorni di asilo non riuscivo a rassegnarmi all'idea di saperti lí da solo. Ti facevi sottrarre sempre i giocattoli. Ci stavo male. Ancora di piú prima di lasciarti, quando ricacciavi indietro le lacrime per dimostrarmi che eri forte, che potevo salire in macchina e andare a lavorare.

Nelle ore successive non riuscivo a concentrarmi. La tua sensibilità esposta alle intemperie del mondo. Ti volevo piú furbo, per il mio quieto vivere, perché non potevo sopportare che qualcuno ti facesse un torto e ti sorprendesse indifeso.

Può capitare che gli altri bambini ti diano le botte, e questo mi demoralizza. Lo ammetto: talvolta mi è balenato, fugace, il pensiero di insegnarti a restituirle. Poi però tu mi dici: – Stai tranquilla, mamma. Ghiego ora lo dice alla maestra –. Vuoi omologarti ai miei insegnamenti, per tranquillizzarmi. – Non rispondere mai con le tottò, – quante volte te l'avrò detto. Ma non significa che tu non debba trovare il modo di difenderti.

Il malessere è un interruttore della violenza. Uno schiaffo è un lampo che si accende, e qualche volta ad accenderlo sono il bisogno di attenzione, l'ansia, la paura. Comprendere questo, forse, può servirti nella pianificazione di una difesa.

Vorrei che imparassi a decifrare i gesti altrui, che ti soffermassi sugli sguardi. Prova a entrarci dentro, a chiederti cosa vede e sente chi hai di fronte, che cosa muove la mano che vuole colpirti.

Cerca gli interruttori, Diego.

Sei cosí protettivo. Certe volte anche troppo per la tua età. Mi ripeti sempre che sono la tua «pupa», che non devo aver paura di niente. Ma per te, Diego, la paura cos'è?

L'anno scorso abbiamo traslocato due volte, e tu sembravi comprendere sul serio il mio disagio, quasi che, cosí piccolo, già volessi pesare sulle mie spalle il meno possibile.

Una volta eravamo in fila alla cassa dell'Ikea e tu mi aiutavi a spingere il carrello. Un puffo di poco piú di tre anni che diceva: – Stai tranquilla, mamma. Tu sei la mia pupa, non si proccupatti di gnente.

La signora dietro di noi sorrideva. – Ne vorrei uno uguale, si può? – scherzava, rivolgendosi alla cassiera.

Ho sorriso anch'io, ma intanto pensavo alle parole del tuo pediatra, quando mi metteva in guardia sui pericoli dei maschietti che crescono soli con la madre. Si sentono gli uomini di casa. Almeno per la maggior parte del tempo non c'è nessun padre di cui essere gelosi, nessuna figura da scavalcare. La mamma è il loro unico, grande amore, ed è tutta per loro.

«Ammesso che i bambini si possano chiedere su ordinazione, – avrei voluto rispondere alle due donne che scherzavano sulla tua cavalleria, – dovete sapere che ogni volta che vi sorprenderanno, nel bene e nel male, sentirete stringersi il cuore. Da quel momento in avanti vi sembrerà di non esistere piú, almeno non con la stessa identità. Questo, non lo spiegano mai abbastanza alle aspiranti madri. Non esiste un'informazione preventiva e adeguata su come la maternità stravolga la mente di una donna. Un disastro. Anche se nell'opinione comune resta il disastro migliore che vi possa capitare».

Non potrò mai dimenticare le risate di quella mattina, lo scorso inverno, quando non volevi alzarti per andare all'asilo. Del resto hai questa specie di orologio interno che nei giorni festivi, o d'estate, punta la sveglia sempre alle sei e mezza, sette di mattina. Mentre nei giorni in cui devi andare a scuola sono costretta a inventarmi qualunque cosa per svegliarti. Quella mattina ti ho detto che dovevamo andare in giardino a vedere gli scoiattoli.

– No, – mugugnavi rintanato sotto il piumone. Non era ancora sbocciata la tua passione per gli insetti, al tempo eri fissato solo con gli scoiattoli.

– Sono in giardino, li ha portati una fatina, – ti ho spiegato.

Hai scostato il piumone dal viso, mi hai guardata.

– Dobbiamo andare a prenderli per portarli al calduccio. La fatina ha detto che, se li prendiamo subito, stasera li facciamo dormire nel nostro letto.

– E dove sono? – mi hai chiesto.

– In giardino. Dobbiamo alzarci, vestirci e andare a cercarli, se vogliamo accoglierli in casa e farli dormire con noi.

Avevi una faccia seria, ma anche buffa. – Tu dommi con gli scollattoli, – hai puntualizzato. – Io con la fatina.

Certe volte sai essere esilarante. Un comico da cabaret intrappolato nel corpo di un bambino. Anche quando sbagli le parole e il cinema diventa *cineman*, il traffico è *pericololoso*, e dobbiamo andare all'*inedicola*, tutto attaccato.

Sei già un ometto, e la tua battuta sulla fatina me lo ha fatto capire. Ma l'uomo che diventerai, la gentilezza che saprai usare con le fatine in carne e ossa, dovrò essere io a insegnartela. Ci sto provando, almeno. Con ogni mio gesto, col mio modo di essere, di rivolgermi a te. So che ho la responsabilità di plasmare l'uomo che sarai. Perché il tuo rapporto con le donne dipenderà anche dal nostro.

Se uscendo da scuola vedi una margherita, la raccogli per regalarmela. Con le bambine sei delicato, le lasci giocare con i tuoi giochi molto piú generosamente di quanto tu non faccia con gli amichetti maschi. Quando ti dico che la sera esco, che devo andare a una festa, rispondi che preferisci sapermi al «calduccio» nella nostra «tanetta». Mi domando se sarai un uomo timido con le donne, oppure spavaldo. Se saprai affrontarle o ne avrai paura. Se comprenderai il valore della libertà e deciderai di coltivarlo, non solo per le donne che ti cammineranno a fianco.

Ricorda quello che dice tuo padre e che tu ripeti per farlo contento, strappando ogni volta una risata a chi ti ascolta: – Prima le signore.

L'importante è che non vengano dopo, ma insieme sarebbe ancora meglio.

L'altro giorno per strada siamo stati testimoni di un bacio appassionato. Mi hai detto: – Guarda, mamma! – arrossendo.

– Ce l'hanno, la scatola magica? – mi hai chiesto all'improvviso mentre gli innamorati si rimpicciolivano nello specchietto retrovisore.

– Penso proprio di sí.

– E il segreto?

– Non lo so. Lo scoprirà il loro supereroe.

– E dentro che c'è?

– Magari una casa, dei bambini, un cagnolino come Babú.

– Un gattino?

– Perché no? Magari anche un gattino.

– Posso anche io?

– Tu hai già Babú.

– Io voglio anche il gattino.

– Allora prima impara a prenderti cura di Babú, a fargli ogni giorno una carezza. Quando cosí sarà, prenderemo anche un gattino.

– Adesso?

– No. In futuro. Ma dipenderà dall'ingrediente segreto.

– Allora un trenino.

Hai tanti giocattoli. Li mangiucchi, li pasticci con i pennarelli, e questo mi piace, ma te ne stanchi anche a una velocità impressionante. Il pediatra dice che la tua soglia di concentrazione a questa età è ancora molto bassa. A me sembri solo viziato.

– Ma io questi bambini non li conosco, – mi dici, tirando fuori dallo scatolone i giochi mentre io provo a metterli via in fretta – sperando che tu non te ne accorga – per portarli in parrocchia, per le case dove i giocattoli come i tuoi non ci sono.

– Ascolta, amore, – ti prendo le spalle, ti parlo con dolcezza. – Non possiamo mica tenerli tutti. Teniamo quelli che metteremo nella nostra scatola magica. E poi sai come la penso sull'importanza di condividere i giochi, no? Specie con chi ne ha di meno.

– E perché sono poveri?

È una di quelle domande cui non vorrei rispondere, invece ti dico: – Ricordi quello che ti ho raccontato a proposito della forma di formaggio e di noi esseri umani che la divoriamo avidamente? Bene. Chi mangia di piú lascia meno agli altri.

Mi osservi perplesso. Poi fai una smorfia e ti

lanci su uno Spiderman che non ti sei mai filato prima, ma che ora è diventato per te il giocattolo piú divertente del mondo.

Quando entriamo in chiesa, guardi il crocefisso. La faccia sofferta di Gesú, i chiodi che spuntano dai palmi delle mani. La corona di spine. Il taglio sul costato.

Il figlio di una mia amica, che è ebreo, fino a nove anni associava il crocefisso alla morte di una persona, e cosí, ogni volta che ne vedeva uno, pensava che lí, proprio in quel punto, qualcuno fosse morto. Ma non aveva il coraggio di parlarne nemmeno con i genitori.

Tu invece, cosí piccolo, parli. Mi chiedi: – Ha male? Perché non lo si aiuti a scendere?

– Perché è una statua, Diego. Non si può.

Tu non hai ancora ben capito chi sia Gesú, anche se l'hai sentito nominare tante volte, dai nonni, dal papà, da chiunque ti abbia parlato di lui, compreso don Paolo, che adesso ci sta venendo incontro per salutarci.

Al suo cospetto diventi un angelo. Forse t'intimidisce la tonaca, il modo che ha di scompigliarti i capelli con le dita tozze e indurite. Alle sue domande fai sempre sí con la testa. Il nostro parroco dice che sono fortunata, che sei un bambino buono, ma non ti ha mai visto quando strilli «Mamma!» nel bel mezzo di un gioco perché pretendi che ti faccia compagnia, e chi se ne importa se quel giorno ti ho supplicato di avere pazienza perché ho una valanga di cose da sbrigare. Non sa che cosa sei capace di fare se ti vieto di mangiare una caramella, né quanto possano essere sfinenti i tuoi capricci.

Lui conosce solo il bambino che fa sí con la testa dopo avergli mostrato tutto fiero uno scatolone pieno di vecchi giocattoli. – Che Dio lo benedica, – conclude don Paolo con il suo sorriso largo, salutandoci dal centro della navata e continuando a sorridere mentre io mi riporto a casa il tiranno.

Prima di uscire (ti vedo, sai?) lanci un ultimo sguardo al crocefisso. Ti sei rassegnato a saperlo lassú. Sí, ha male, Diego. Ma non ha paura. E quel suo starsene lassú, immobile, trafitto, forse vuole dirci proprio questo: che il dolore va affrontato, e accolto. Se lo nascondi, o lo ignori, arriverà il giorno in cui ti si rivolterà contro.

Sulla porta del sagrato riconosci un'icona della Madonna. È stato tuo padre a parlarti per la prima volta di lei, insieme l'avete ribattezzata «la Mamma di tutti». La indichi e mi dici: – Guarda, mamma –. Poi sorridi, come se avessi riconosciuto qualcuno di amabile in mezzo a una folla.

Da bambina avevo una Madonnina di quelle che si illuminano al buio. Le parlavo ogni sera prima di addormentarmi, me la stringevo al petto. Era la custode della mia scatola magica. Tuo padre ogni sera si inginocchia e prega. Quando vivevamo insieme gliel'ho visto fare con una costanza impressionante, anche le volte che tornavamo stanchi e molto tardi la sera.

Le preghiere che oggi ti faccio fare io sono soprattutto ringraziamenti. Dopo la favola, prima del bacio della buonanotte, ti ricordo di ringraziare per la giornata appena trascorsa e ti domando: – In particolare per cosa? – Mi piacciono molto le tue risposte, da «per il gelato al cioccolato» a «per gli abbracci di mamma».

Sei sereno, Diego, forse senti con l'istinto proprio dei bambini che qualunque cosa io e tuo padre ti proporremo di mettere nella scatola magica sarà pensando al tuo bene e con le migliori intenzioni.

Hai una mamma che crede nella spiritualità, che pratica il *Gongyo* perché si ritrova in molti aspetti del pensiero buddista, che si è lasciata convincere anche dal taoismo e dalla cultura indú.

Quando mi sorprendi seduta sul pavimento con un libretto rosso tra le mani mentre recito le mie preghiere, o resto in silenzio e mi ascolto, tu non capisci e cerchi in ogni modo di attirare la mia attenzione, buttandoti tra le mie braccia. Un giorno magari t'incuriosirai e mi farai qualche domanda. Io aspetto, ti aspetto, provo a lasciare accadere.

Quello che posso dirti sin d'ora è che siamo in molti a cercare cose in cui credere fortemente. Se puoi, tieni sempre aperta la tua scatola, amore mio. Cerca di riconoscere, nell'altro, nel diverso, prima di ogni cosa le similitudini, le opportunità. Non farti fermare dal timore di perdere quel che hai. Diffida delle scatole ermetiche, blindate, che ignorano la ricchezza dello scambio.

Un giorno ti vedo arrivare in cucina, mentre sto per preparare un bel frullato di frutta. Hai un giocattolo in mano e mi dici: – Guarda, mamma.

– Che bello! Una macchina che diventa robot!

Annuisci e me l'allunghi sul ripiano. – Per i bambini poveri, – mi spieghi dando un'occhiata famelica alle bucce di pesca.

– Ma che bravo, cucciolo mio. Un'idea bellissima.

Ti sollevi sulle punte e prendi una fettina di banana dal piatto accanto al frullatore. – Tanto è rotta, – chiarisci subito. – Non si trasforma piú –. E con un musetto che prenderei volentieri a morsi, in un attimo sgattaioli via.

Le vacanze non sono lontane, è anche giusto che tuo padre si organizzi per tempo. Da quando ho messo il veto al vostro viaggio, tra noi è calato il gelo. Se penso a New York, la immagino infestata di cavallette, una piaga d'Egitto. Sono esagerata, lo so, ma certe paure sono irrazionali, incontrollabili, come quella che da sempre nutro nei confronti degli insetti.

Tu non lo sai, ma io sono aracnofobica, Diego. Significa che i ragni mi fanno paura. Una paura talmente grande che si chiama fobia, e che tu metti a dura prova ogni volta che giochi a fare l'esploratore.

Sei attratto da tutto ciò che è piccolo e disgustoso. Ogni insetto che trovi vorresti racchiuderlo in un barattolo, poi posarlo sul comodino prima di andare a letto.

Mi corri incontro eccitato per mostrarmi la tua ultima conquista. – Mamma, guarda! Uno scarabozzo! – e me lo metti sotto il naso senza neanche darmi il tempo di realizzare. Io di solito faccio un balzo e caccio un urlo, e tu ti diverti come un pazzo. Perché sei un sadico, oltre che un tiranno.

L'ultima volta, però, ti sei avvicinato a me con un ragno che mi ha tolto il fiato. Ho urlato in un modo che non poteva non spaventarti. Sei scoppiato a piangere, mortificato.

Ho dovuto prenderti da parte e spiegarti che non tutti al mondo amano le stesse cose. A te piacciono gli insetti e a me, semplicemente, fanno schifo.

– Non si dice schifo, – hai replicato, ripetendo un rimprovero che ti avevo fatto pochi giorni prima a una festa, quando avevi detto a un bambino piú piccolo che ti faceva schifo il suo moccio.

– In questo caso sí, – ho risposto cercando di riprendere fiato dallo spavento preso. – Non stiamo giudicando né offendendo nessuno.

– Il ragno si è offeso, – mi hai risposto incrociando le braccia e stringendo gli occhi a fessura per puntarmi addosso un broncio.

Da quel giorno, però, sei piú delicato quando mi presenti un nuovo amico scarafaggio. Vi tenete a distanza da me, gli ripeti piano: – A mamma si fai schifo.

Oltre che schifo mi fanno pena, e allora ti dico di toglierli dal barattolo o dai bicchieri di plastica che il nonno ti dà di continuo perché non sa rifiutarti niente. Tu scoppi a piangere, mi spieghi che è tuo amico e che vuole stare con te.

– Sí, amore, ma poi a fine giornata vuole andare dalla sua mamma, o dai suoi amichetti. Pensa che brutto se qualcuno lo facesse con te. Se ti mettessero in un barattolo. Se ti portassero via e ti costringessero a dormire in un posto cosí stretto e chiuso.

Per difendere la vostra relazione, sempre con gli occhi a fessura, mi sbatti in faccia il barattolo e dici: – Guarda che gli ho messo da mangiare!

E solo a quel punto mi accorgo, con orrore, che il verme che hai infilato lí dentro si sta arrampicando su quel che resta di un biscotto al cioccolato, avanzo della tua colazione.

Piú tu impari a tenermi lontana dai tuoi insetti, piú io mi riscopro curiosa. E se mi diventi un entomologo, come posso rimanere tagliata fuori dal tuo mondo?

L'altro giorno sono riuscita persino a prendere in mano un'ape morta e a metterla in un bicchiere. – Questa sí, questa possiamo anche tenerla sul comodino, – mi sono arresa, mentre coprivo il bicchiere con un foglio di stagnola. – Tanto è morta.

– E se poi si sveglia?

– La facciamo uscire e la portiamo a fare due passi...

Un pomeriggio ti eri appisolato davanti a un cartone animato. Ti sei svegliato di soprassalto e mi hai gridato di venire. Ti ho preso in braccio, ti ho consolato, e mentre ti preparavo il latte con il cioccolato mi hai detto: – Mamma, vero che non vengono gli uomini cattivi che a me mi si prendono e mettono in un barattolo?

– Certo che no, amore mio. Devono prima vedersela con me, con tuo padre, con i nonni, con tutti gli zii e gli amici che abbiamo. Hai idea di quanti siamo? Fanno prima a cercarsi un insetto!

Poco dopo, mentre bevevi il latte davanti a Tip il topolino, ti sei voltato e mi hai chiesto: – Mamma, ma a te non si piacciono gli animali. Sei l'unica che non si piacciono.

– Non è vero. Solo gli insetti non mi piacciono.

– A te si fanno schifo gli insetti?

Hai questo modo di chiedermi le cose tante volte e di farlo sembrare sempre come se fosse la prima. – Sí, amore, mi spiace, ma mi fanno proprio schifo.

– Tutti tutti?

– No, mica tutti. Le farfalle per esempio mi piacciono.

– Le faffalle?

– Sí, amore mio, le farfalle.

– Allora andiamo a cercare le faffalle, cosí si diventano tue amiche.

– Sí, dopo. Dopo ti prometto che andiamo a cercarle.

– Voglio regalarti una faffalla, mamma.

– Grazie, amore. Mi basterebbe vederla insieme a te, e lasciamola libera di volare via.

Ma non troppo lontano, mi sono detta poi tra me e me, mentre ti accarezzavo i capelli. Non senza la sua mamma fino a New York.

Lo sai perché alla tua mamma piacciono le farfalle, Diego? Perché prima di diventare cosí belle e colorate se ne stanno a lungo dentro a un bozzolo che le protegge, senza ali né sogni e senza avere paura di niente. Come i bachi da seta. Che si chiamano cosí perché dai loro morbidi bozzoli vengono poi fuori quelle sciarpe fiorate che ho nell'armadio e che ti piacciono tanto.

Stanotte ti sei svegliato di soprassalto.

– Ho vomitato, – mi hai detto nel buio, e avevi il pigiama bagnato. Tremavi ma eri fresco, e ancora non del tutto riemerso dal sonno.

Dopo che ti ho cambiato, mi hai gettato le braccia al collo, supplicandomi di dormire nel mio letto perché avevi paura del «mostro bianco».

Non hai smesso di stringermi neanche quando ci siamo infilati sotto le coperte.

C'è un patto tra noi: se stai male, hai diritto al mio letto. Non te lo dirò mai, ma quante volte ho benedetto i tuoi malanni.

Sono i tuoi incubi a disarmarmi.

Stanotte eri stretto a me e continuavi a tremare, dicendomi che dovevo mangiare il mostro bianco.

– Ma prima lo facciamo a… a pezzettini, mamma,

cosí se… se ti si aprono la pancia per farlo uscire… lui è morto morto.

A pezzettini? Mi aprono la pancia? Da dove arrivano le tue fantasie, Diego? Riconosco il finale della fiaba di Cappuccetto Rosso, ma il resto da dove lo prendi?

E questo mostro bianco che forma ha?

Non posso non tornare con la mente al camion che schiacciava la folla sulla Promenade di Nizza. Era bianco. Un mostro con le ruote e le fattezze di qualcosa che adori e con cui non ti stancheresti mai di giocare. Che paradosso. Che sia proprio quel camion ad abitare i tuoi sogni, a farti tremare in un modo che non riuscivo a fermare?

Non sai cosa darei per farmi piccola piccola e infilarmi in uno dei tuoi incubi. Pararmi davanti al mostro, qualunque forma abbia, armarmi di superpoteri e diventare io il tuo supereroe, almeno per una notte, sconfiggerlo con un solo colpo.

Invece tutto quello che posso fare, quando ti svegli in ansia, è avvolgerti tra le mie braccia. Aderisco alla tua schiena, ti ricopro come un esoscheletro, una corazza. Tu non lo sai, ma mi prendi a morsi il cuore e mi fai passare il sonno.

Una volta era di marmo, di quei sonni imperturbabili che non sentono neanche le campane di mezzogiorno. Adesso basta un tuo mugolio dall'altra parte della casa per farmi scattare come una molla.

Sono il tuo bozzolo, ancora piú prezioso della seta, piú resistente. Mi hai dato i superpoteri, Diego, e quando ti stringo a me in quel modo mi sento invincibile.

È quando ti allontani che i superpoteri se ne vanno. Il contrario di quello che accade a Superman con la kryptonite. Lui deve tenerla lontana per non perderli, io devo averti accanto per alimentarli.

Per questo non voglio farti andare a New York, amore mio. E se poi la notte ti svegli di soprassalto per colpa del mostro bianco? Basteranno le parole di tuo padre a tranquillizzarti?

E se la notte mi sveglio io, di soprassalto?

Ho ascoltato un'intervista al telegiornale, l'altra sera. Un capo militare che parlava della *jihad*. A un certo punto ha detto: «Verserò fino all'ultima goccia di sangue per difendere il mio territorio e la mia famiglia».

Anche io darei la vita per te, senza pensarci un attimo. Sei la prima e unica persona ad aver originato in me questa certezza. Per questo mi spaventa che un sentimento cosí potente sia messo al servizio non di una difesa, ma di un attacco. Un attacco che può spazzare via tutto, anche chi è disarmato, come un bambino, e non c'entra niente.

Non è nemmeno giusto che te lo dica, ma ci sono momenti in cui vorrei essere io a gridare «Mamma!» nel cuore della notte. Raggomitolarmi sotto le sue coperte come facevo da bambina, pur sapendo che forse nessuno a questo mondo ha davvero i superpoteri. Pur sapendo che ci sono mostri bianchi da cui è impossibile difendersi.

La tua scuola è fuori città: aria pulita e tanto verde. Un profumo di bosco e di menta quando scendiamo dalla macchina e ci incamminiamo insieme verso il futuro.

Fuori, all'ingresso, negli scaffali con i nomi di voi bambini, ci sono gli stivali e le tute di plastica per passare piú tempo all'aperto, anche dopo la pioggia. Vedere il tuo nome, Diego, sotto i tuoi piccoli stivali sporchi di fango regala fiducia alle mie giornate. A tutte le ore che trascorro lontana da te.

Il tragitto per la scuola è lungo, ma noi sappiamo come riempirlo. Non sono mai stata molto tecnologica, e nel portaoggetti del cruscotto non ho nemmeno un cd. Ti devi accontentare di quello che passa la radio. Ogni giorno una sorpresa. In quest'epoca che ti sta abituando al «tutto e subito», noi, ogni mattina, aspettiamo di trovare la canzone che ci piace di piú.

Qualche volta capitano brani di quando ero piccola io. Se piacciono anche a te, mi chiedi: – Ancora! Quella di te piccola, mamma! – e io mi metto a fare zapping.

Ballare e cantare con te la disco-dance degli anni Ottanta mi diverte da matti. Mentre guido la nostra Pappamolla, canto e scuoto la testa. Ti sorprendo dallo specchietto che tenti di imitarmi e scoppio a ridere in modo irrefrenabile.

Arriverà il giorno in cui ti vergognerai di vedermi ballare in pubblico, lo so. Farai come fanno i figli piú grandi delle mie amiche, che si nascondono, s'infastidiscono di fronte alle esuberanze delle madri. Ti vergognerai delle mie intrusioni a scuola che invece ora ti emozionano tanto. Della mia macchina che verrà a prenderti alle feste o in discoteca.

Sindacherai sul mio guardaroba, come adesso mi chiedi di sciogliermi i capelli. E arriverà anche il momento in cui smetterai di cercarmi, perché saprai andare dritto per la tua strada senza piú bisogno di avermi a fianco e tenermi la mano. Ti guarderò da lontano. E ogni volta che ti volterai indietro, mi ritroverai seduta sugli spalti, a fare il tifo per te.

– Musica, mamma, – mi dici quando dal raccordo imbocco l'uscita per la Cassia. Ci sintonizziamo su un pezzo melodico. All'inizio ti lamenti, vuoi che cambi stazione, poi però mi chiedi di tornare indietro. E ti metti a contemplare i campi incolti che si stendono fuori dal finestrino mentre l'abitacolo a poco a poco si riempie di poesia. Sorridi, saluti le pecore che stanno pascolando.

È nelle cose inaspettate che ci ritroviamo a misurare la nostra capacità di adattamento, a scoprire nuove risorse, che non sapevamo di avere. Siamo strumenti musicali anche noi, e nelle mani giuste possiamo rendere molto di piú.

Anni fa un mio amico compositore ha avuto un incidente in una sala di registrazione. Il guasto di un macchinario gli ha procurato un danno permanente all'udito. È condannato a non poter piú ascoltare la musica, che un tempo era tutta la sua vita. Una volta mi ha detto: – Io la musica continuo ad ascoltarla ogni giorno. Perché alla fine sono riuscito a ritrovarla: era dentro di me.

Godi, figlio mio, della bellezza, della poesia, di queste note che ci accompagnano lungo la strada, ma impara soprattutto a godere di te. Non ti affannare troppo a cercare all'esterno quello che già ti appartiene. Chiudi gli occhi, chiudili ogni volta che puoi, trova il silenzio, il tuo silenzio, e ascoltalo.

In quel silenzio, se lo cercherai, troverai anche il tuo talento.

Ogni essere umano ne possiede uno. Molti però ne hanno timore. Anche perché non esiste coltivazione che richieda piú impegno e fatica, che ti faccia sentire piú sotto pressione. Il timore di scoprirlo, e la conseguente resa, ti porta a perdere la strada. Invece tu, Diego, afferralo con coraggio, perché sarà proprio il tuo talento a renderti luminoso il cammino.

Dicono che l'universo sia cominciato in un punto. Dentro quel punto c'era già tutto, e c'eri anche tu.

Siamo passati davanti a una caserma ieri pomeriggio e tu dal finestrino ti sei incantato sulla figura di un militare con un mitra a tracolla. Indossava la stessa mimetica di un tuo pupazzo, quello alla guida del carrarmato con i bazooka.

– I cattivi! – mi hai detto, e ho sorpreso ancora una volta i tuoi occhi nello specchietto retrovisore. Tutt'altro che spaventati, erano vispi, accesi.

– Non sono cattivi, – mi sono affrettata a precisare.

– Sparano, – hai ribattuto, piú svelto del solito.

– Se sono costretti a sparare è per difenderci, e sparano solo ai cattivi.

A quel punto mi hai spiazzato, ripetendo una frase che ti dico sempre. – Non essere cattivo, Ghiego, – mi hai fatto quasi il verso. – Le tottò non ti si dànno a nessuno.

Sei un puffo di quattro anni, uno scrocchiazeppi, come ti chiama il nonno, eppure, con la naturalezza dei cacciatori piú leggendari, hai stanato il paradosso della guerra. È la tua verginità rispetto al mondo, la tua arma. Il tuo sguardo avulso da qualsiasi condizionamento o pregiudizio.

A voi bambini viene cosí facile inchiodarci alle nostre contraddizioni, o anche solo spingerci verso sentieri dove è impossibile non inciampare. L'essere adulti è una ferita che non guarisce mai, basta un nulla perché s'infetti.

Ero pronta a confessartelo, ma per fortuna un attimo dopo tu eri già altrove, distratto, l'espressione paciosa che si lascia attraversare dallo stupore. Cosí ho tirato un respiro di sollievo.

Piú tardi, mentre ti facevo il bagno, mi hai detto: – Papà dice: New York è bellissima.

Mi sono irrigidita. Tuo padre stava escogitando qualcosa per convincermi a farti fare quel viaggio.

– Che ne sai tu di New York?

Non mi hai risposto, avevi trasformato la boccetta dello shampoo in una barca ed eri preso dalle sue manovre in acqua.

– Diego? Mi rispondi? Che cosa è per te New York?

– Un posto bellissimo.

– Bene, allora un giorno ti ci porto.

Mentre ti asciugavo i capelli, non riuscivo a scrollarmi di dosso il senso di frustrazione che pensare a quel viaggio mi procurava. E tu, che non riesci a stare mai fermo, figuriamoci con un phon puntato sulla fronte, hai preso i cilindri e ti sei messo a costruire la tua torre.

Quando sei arrivato in cima, ho spento il phon.

– La buttiamo giú? – ti ho proposto, cercando la tua consueta euforia, ma senza trovarla.

Osservavi la torre in silenzio, con un certo orgoglio, persino. – È bellissima, – hai detto, e ti sei allontanato verso la cucina, lasciandola intatta.

Ci sono giorni in cui mi fai diventare matta. Come quando a tavola non mangi, fai cadere l'acqua, giochi con la forchetta e il coltello, ti alzi e ti butti per terra.

È snervante vedere che il boccone di carne resta per ore a fermentare in un angolo della tua bocca, contro la guancia, perché lo hai scambiato per un chewing gum.

E magari io quella sera sono esausta, reduce da troppe notti insonni, ho i pensieri che giocano a ping-pong. Le bollette che scadono, le multe da pagare, le mail a cui devo ancora rispondere.

Stai giocando, hai piegato indietro il collo, mi assale l'ansia che tu abbia la bocca piena e possa strozzarti. Ignori il mio ordine di stare dritto. Evidentemente non sono abbastanza autorevole ai tuoi occhi, e tu mi sfidi, stai cercando il maschio che vive da qualche parte dentro di me. Qualcuno che ti costringa a rientrare nei ranghi, una figura che in casa non c'è. Ma cosa pretendi?, vorrei gridarti un attimo prima di esplodere.

Ogni volta che ti faccio piangere, mi sento esattamente come quel boccone che ancora non hai mandato giú. Maciullata da tutte le mie incoerenze, le mie fragilità.

Dentro ogni madre c'è anche una bambina che piange. La puoi sorprendere quando diventa violenta, aggressiva, e dice che non ce la fa piú. Quando il senso di responsabilità si fa opprimente, quando è la paura a prendere il sopravvento.

Dobbiamo sempre nasconderla, ai vostri occhi, farci piú grandi di quello che siamo, perché solo cosí possiamo essere utili nel vostro percorso. Ma io qui, in questa lettera, ho bisogno di condividerla con te, quella bambina.

Un giorno forse la capirai, come io solo oggi comprendo mia madre.

– Chiedimi scusa, – ti dico, e lo ripeto sino allo sfinimento, il mio lasciapassare per fare pace con te.

Qualche volta, il sabato mattina, mi accompagni alla Posta. Oggi lungo il tragitto ero nervosa, forse anche per via della tensione che si sta accumulando con tuo padre sulla questione del viaggio.

A un certo punto ho pure mandato a quel paese un pedone, e quando arrivi a mandare a quel paese un pedone significa che il tuo bagaglio di stress è andato ben oltre la misura accettabile. Che questo avvenga sotto i tuoi occhi aggrava la mia condizione.

Alla Posta, davanti al distributore automatico dei numeretti, una donna giovane, direi pakistana, e un signore anziano hanno cominciato a discutere. Lui l'ha invitata a tornarsene al suo Paese: – Dove andremo a finire! – ha bofonchiato poi, mentre si allontanava per trovare un posto a sedere.

La sala è piena e la donna ha mantenuto la calma. Magari è davvero in torto, chissà, ma si avverte una scia di risentimento che aleggia nell'aria come un gas, a intossicare l'attesa.

Tu non ti accorgi di niente, la tua attenzione è stata subito catturata dal robot giallo con cui giocano due gemelli che avranno all'incirca la tua età.

La madre, all'apparenza senegalese, è una donna dalla corporatura massiccia e l'aria esausta, una busta della spesa tra le gambe e lo sguardo fisso al cartellone, dove i numeri scorrono con disarmante lentezza.

Voi bambini vi studiate a distanza. La forma non rientra nelle vostre modalità di interazione. Mi fate venire in mente quei cani sciolti che s'incontrano al parco e che rallentano, fingono disinteresse, mentre escogitano la maniera piú opportuna per avvicinarsi. Del differente colore della pelle, lo vedo, non vi accorgete. Dopo un po' i gemelli tornano al gioco che stavano facendo, mentre tu mi prendi la mano e cominci a lagnarti. Dalla borsa tiro fuori una rana verde appiccicosa che abbiamo trovato in una confezione di patatine e, dal momento in cui te la do, ti assenti. La fai saltare sopra gli schienali delle sedie, la mandi in esplorazione tra le lunghe foglie di una pianta, e intanto continui a gettare un occhio a quel robot giallo.

A volte penso che tutti i miei sforzi per facilitarti la vita, per farti sentire piú comodo e protetto, potrebbero un giorno diventare un ostacolo alla tua stessa percezione delle cose. La conoscenza di quel che c'è là fuori e il potere dell'immedesimazione sono gli unici strumenti davvero importanti.

In molte parti del mondo la fame ti insegna fin da piccolo a essere vigile e scaltro, e l'organizzazione sociale lavora per un addestramento serrato. Sono sempre piú numerose le foto dei bambini che finiscono tra le notizie di cronaca. Penso al corpo senza vita di un piccolo profugo riverso sul bagnasciuga di una spiaggia. O al ragazzino immortalato con la divisa e il kalashnikov, pronto a far saltare in aria un nemico che qualcuno gli ha indicato come tale. Oppure al bambino siriano ricoperto di fango, sopravvissuto a un esplosivo. Ogni volta che ne vedo uno, penso alla madre che l'ha abbracciato poco prima dello scatto e al dolore struggente che deve aver provato dopo. Penso alla consistenza del tuo minuscolo corpo quando mi stringo a te e ti respiro profondamente.

C'è chi alla tua età si ritrova nudo su una spiaggia a cercare un nuovo inizio e chi ha già in braccio un fucile per prepararsi a una guerra. E intanto tu sorridi, con una ranocchia verde in mano.

Ti accorgi che la signora seduta tre sedie piú avanti ha un portachiavi a forma di gatto. Vi scambiate un sorriso e lei ti permette di accarezzarlo.

Mentre io, aspettando, mi snervo e picchietto il piede sul pavimento, tu mi ricordi che ogni attesa è anche un'opportunità offerta allo stupore di soffermarsi sui dettagli.

L'unico dettaglio in grado di catturare la mia attenzione è lo zainetto appoggiato a una colonna di cui mi accorgo un istante dopo. Sembra che qualcuno lo abbia dimenticato lí.

Quello zaino è una crepa. Il terrore che si sta facendo spazio tra i miei pensieri, per inchiodarli a una drammatica eventualità.

Se questi fossero gli ultimi istanti della nostra vita, Diego, io li avrei sprecati in congetture, invece di soffermarmi sul presente dei tuoi dentini sporgenti e della tua voglia di carezze. E me ne andrei con addosso il senso di frustrazione che mi ha lasciato stamattina quel pedone quando attraversando la strada mi ha gridato: «Stronza!»

Succede, che la vita non dia nessun preavviso di congedo. Perciò, in fila alla Posta o in una sala d'aspetto per una visita medica, ovunque tu sia, non perderti neanche un minuto di quel tempo, del *tuo* tempo, amore mio. «Siate prudenti come i serpenti e semplici come le colombe», diceva Gesú. È proprio quello che vorrei per te. Mi vengono in mente le parole di un altro scrittore. «L'importante, – diceva, – è che la morte ci trovi vivi».

Quando mi riscuoto da questi ragionamenti, ricordi e previsioni, ti sorprendo a giocare con i gemelli senegalesi.

Tu tieni tra le mani il robot giallo e loro la ranocchia verde. Insieme mi ricordate che sono sempre i gesti a definire le persone.

La mattina fai i capricci perché non vuoi andare all'asilo. – È normale, – mi ripetono le mamme piú esperte, quelle che hanno figli piú grandi. Fa parte dell'inserimento a scuola. Una cosa è la novità, un'altra imparare ad affrontarla ogni giorno.

Stamattina farti lavare i denti è stata un'impresa. Avevi un po' di moccio rappreso sotto una narice, ma quando ho provato ad avvicinarmi con un fazzoletto sei scappato via.

Ero spazientita anch'io. Tuo padre mi ha chiesto di nuovo di New York, mi ha accusata di essere ingiusta, gli ho attaccato il telefono in faccia.

In macchina ti spio come sempre dallo specchietto retrovisore, penso a come tirarti via quella roba verde dalla narice prima che ti vedano gli altri bambini. Tu intanto pianti il broncio e mi ordini di spegnere la radio.

Ti propongo di andare a lavare la nostra Pappamolla, nel pomeriggio, dato che vedere in azione i *trulli* dell'autolavaggio è un'altra delle cose che ti divertono di piú. Ma non riesco a solleticare il tuo entusiasmo.

Ti sei svegliato con la luna storta.

– Perché?
– Perché cosa?
– Perché la luna è storta?
– Non la luna in generale, la tua!
– È mia, la luna?

Ecco, mi sono incartata ancora. Sto pensando a come risponderti per sbrogliare la matassa, quando per fortuna interviene a distrarti qualcosa che hai appena visto fuori dal finestrino.

– Mamma, guarda!

È sempre cosí con te, penso mentre rallento, mi fai le domande e poi ti distrai cosí facilmente che non t'importa piú delle risposte.

– Fiori!

C'è un piccolo mazzo di rose annodato al guardrail. Ridi, di colpo allegro, mentre sulle mie labbra il sorriso si spegne. Non puoi sapere che quei fiori sono stati posati lí per commemorare la morte di qualcuno. Qualcuno che forse andava troppo veloce, o che magari si è semplicemente distratto. Per te sono solo una pennellata di colore nel grigio di una giornata che comincia con l'asfalto.

Ancora non sai che cosa sia la morte. È vero, mi hai visto buttare il tuo elefante giocattolo nella pattumiera e ti ho spiegato che con quel gesto gli stavamo dando una possibilità di rinascita. Ma si trattava di un giocattolo di plastica, non di un essere vivente.

Quando hai visto in tv le persone riverse a terra sulla Promenade des Anglais, che cosa hai pensato?

Quel giorno mi hai chiesto se il tuo elefante giocattolo era andato in cielo, io ho vigliaccamente eluso la domanda. Non sono stata coraggiosa, ma presto dovrò affrontare con te questo argomento, perché ti troverai di nuovo a guardare la morte su uno schermo o una foto, e purtroppo anche a perdere, prima o poi, qualcuno che ami.

Io ho iniziato che ero poco piú grande di te, e la vivevo con angoscia, la morte. Per una inquieta e iperattiva come me, l'idea di un paradiso dove stare per sempre fermi, cosí come mi veniva raccontato dai miei genitori, era terribilmente noiosa. L'ipotesi di non esistere piú mi serrava la gola in una morsa.

Credo di aver cominciato a scrivere proprio per questo, per inchiodare la mente in uno spazio che fosse solo mio, dove potermi sentire al riparo, protetta, anche libera. Inventando la vita, ho l'impressione di scalzare la morte. E di lasciare un'impronta di me, che sopravviva alla mia assenza.

Voglio raccontarti una storia vera, come se fosse una delle nostre favole.

I nativi d'America, che conosci attraverso i pupazzetti di plastica con il cavallo, l'arco e le frecce, quando sentono che è giunto il termine della loro presenza fisica sulla Terra, si allontanano dalla comunità assieme al proprio lupo e scelgono un luogo, fra tutti, per affrontare il momento in solitudine.

Sarà proprio il lupo, con il suo ululato, ad avvertire la comunità che è avvenuto il trapasso, ricordando che, per quanto straziante, la morte fa parte del ciclo della natura, al punto tale che il lupo, non a caso un animale sacro, la riconosce.

Ma ci si arriva con calma, tesoro mio, al senso delle cose. Alle *cose da grandi*, intendo, ci arriverai anche tu.

Ci sono popoli, come i tibetani, che celebrano il trapasso con un'esplosione di fiori e di colori, e c'è chi, come noi, si veste di nero, nasconde le lacrime dietro gli occhiali scuri. In ogni caso, per molte culture, compresa quella del Paese in cui stai crescendo, la morte è una soglia che si attraversa nudi.

Basterebbe avere i tuoi occhi per svuotare la parola «morte» di tutto lo spavento che contiene. Perché anche le parole possono farci paura. «Dolore», «decesso», «malattia». Il nostro pudore nel pronunciarle, l'imbarazzo di chi le ascolta. Se solo imparassimo a non averne soggezione, a non considerarle tabú. Insegnami tu come si fa, tu che le ripeti a voce alta e sembra sempre un gioco.

Mi auguro che le storie che ti racconto possano essere un nutrimento. A volte è proprio la fantasia delle favole a salvarci.

In alcuni casi però, come forse avrai già intuito quest'estate, attraverso l'orrore indicibile che arrivava dalla televisione, persino una favola ben scritta avrebbe difficoltà a tenderci una mano.

Sarà proprio in quei casi che dovrai ricorrere alla nostra scatola e a tutte le cose che ci avremo messo dentro, e che ci permetteranno di costruire insieme la tua fiducia in te stesso.

Sto parlando al ragazzo che diventerai a breve, anche se è il bambino moccoloso incorniciato nello specchietto che adesso sto guardando: non hai idea di quanto mi mancherà.

Quando parcheggiamo la macchina vicino al cancello della scuola, non hai piú lo stesso broncio che avevi quando ti sei alzato dal letto, ma ti innervosisci non appena mi avvicino tentando, per l'ennesima volta, di pulirti il naso con il fazzoletto.

Ti faccio ridere quando ti dico che non è una caccola normale, sembra Fiona di *Shrek* che si affaccia dalla narice per chiedere di essere liberata dalla torre.

Lungo il vialetto che precede l'asilo, mi stringi la mano e dici: – Mamma, domani musica, eh? Ché Pappamolla s'annoia.

Il mio lavoro mi porta spesso fuori. Ti sei abituato a stare lontano da me almeno un paio di notti a settimana. Forse anche per questo vivo sempre con la sensazione di perdermi qualcosa di importante. Di non essere mai abbastanza per te.

Ho la fortuna di poter lavorare molto anche da casa, è vero. Però chiamarla fortuna serve soprattutto al mio senso di colpa, perché in verità il piú delle volte la vivo come una condanna. Trovare la concentrazione necessaria per scrivere, con te che giri per il salotto e mi chiami di continuo, è come stare in un videogioco.

Per assecondare i tuoi bisogni, faccio molte piú pause di quelle che potrei concedermi. Ma, quando mi metto a giocare con te, ricordo le ragioni del perché – da quando ti conosco – sono diventata piú produttiva.

Attingo alla tua creatività, e cosí facendo riscopro la mia.

In un'intervista, uno scrittore che un giorno ti farò leggere ha raccontato di aver avuto una nonna molto estrosa, tale nonna Elvira, che attraverso i giochi e la sorprendente inventiva ha stimolato la sua fantasia di bambino al punto da ricoprire un ruolo fondamentale nella sua decisione di diventare un romanziere.

Nel nostro caso, invece, sei piú spesso tu a stimolare la romanziera che è in me.

Insieme abbiamo inventato un gioco, si chiama «L'acquario». Consiste nel chiudere tutte le porte del corridoio in modo da rimanere al buio in una specie di scatola, che proprio buia non è, perché con noi viene anche la tartaruga giocattolo che ti ha comprato tuo padre lo scorso Natale e che, oltre a riprodurre il rumore del mare, proietta sulle pareti una serie di luci blu che fluttuano piano. Ci sembra di galleggiare in un acquario, appunto. E cosí giochiamo. Facciamo che io sono mamma pesce e tu il mio pesciolino.

Con movimenti rallentati, fingiamo di nuotare. Se ci accucciamo sul fondale, ci abbracciamo stretti, facendo finta di rintanarci sotto un corallo, che poi è il mio maglione rosso.

Tu potresti rimanere dentro l'acquario per un tempo lunghissimo, mentre io faccio fatica a lasciarmi andare del tutto, incalzata dalla frenesia produttiva che mi richiama fuori dal corridoio.

Ma se ti guardo fare il pesce mi ricordo di quando ero bambina e riuscivo anche io a vivere assorbita dal presente. Allora le mie fantasie erano molto piú tangibili di quelle che cerco di ricreare attraverso i miei romanzi.

– Adesso sono una stella marina, – ti dico. Aderendo con la schiena al pavimento e allargando le braccia, mi perdo tra le onde che si agitano sul soffitto.

Dentro l'acquario il tempo si ferma. Il mondo smette di fare rumore. Esiste solo la nostra realtà, fatta di pesci e di bollicine.

La mia mente tace. Come quando faccio meditazione. Ascolto il silenzio nascosto sotto il fruscio del mare e sotto le tue risate, mi immergo nei colori. E queste pareti, che si animano di onde, diventano davvero acquose, ma di un liquido amniotico, primordiale.

– Mamma, *adesso* sono un cavalluccio marino.

Sí, amore mio, *adesso*.

Il tuo presente si dilata all'infinito. E il tempo – standoti accanto – si può quasi toccare, è nelle tue mani ancora cosí minuscole, nella consistenza liscia e morbida della tua pelle chiara.

Sei un bambino piccolo. E come tutti i bambini piccoli non ti preoccupi ancora davvero di ciò che accadrà, ma soltanto di ciò che sta accadendo *ora*.

Se ti dico: «Domani andiamo al parco», tu mi rispondi: «*Adesso*?» Se ti annuncio che tuo padre sta tornando, tu mi chiedi: «*Ora*?»

Hai cominciato solo da poco a dire «ieri», per indicare tutto ciò che ricordi da qui a due anni fa, o – cosa che mi fa sorridere – «quando ero piccolo», magari riferendoti a qualcosa che è successo appena qualche giorno fa.

Il tuo senso del tempo però sta iniziando pian piano a prendere forma. A comporsi di un passato, con le sue lezioni, i suoi avvertimenti, e di una qualche idea di futuro, con il suo infinito gioco di proiezioni.

È nelle proiezioni, Diego, che si annida la paura.

La paura della violenza, del dolore, della fame. La paura di poter saltare in aria da un momento all'altro. La paura che la macchina vada fuori strada o che il treno deragli, che in un istante tu possa perdere le persone che ami.

La paura esiste quando proietti i tuoi pensieri su ciò che di pericoloso o doloroso potrebbe accadere. Ma in realtà non sta accadendo, perché tutto quello che abbiamo è solo nel presente, e quando le cose spaventose accadono e si manifestano non possiamo piú averne paura, perché a quel punto siamo troppo impegnati ad affrontarle.

Ogni volta che mi ritrovo immersa in un gioco con te – e che mi lascio veramente andare – me lo ricordo. Che la paura è nelle cose che temo possano accadere. Che forse senza neanche rendermene conto ho sostituito la mia fantasia di bambina con proiezioni di realtà. E che questo *qui e ora* trascorso insieme a te devo imprimerlo con forza in ogni cellula del mio corpo, perché non tornerà.

Tu continui a giocare, stai facendo il granchio, aprendo e stringendo le tue piccole dita, e non sai che questa scatola blu è il mio luogo magico a cui fare sempre ritorno. Per questo sono sdraiata sul pavimento a godermela in ogni suo dettaglio. Ne distillo l'essenza, faccio scorta per l'inverno, per quando il tempo me la porterà via. La infilo in un barattolo e la sistemo nella credenza delle memorie, come mia nonna faceva con le conserve. Non voglio sprecarne neanche una goccia, perché di tutte le scatole magiche che nella vita mi è capitato e mi capiterà di riempire, ora lo so, questo nostro acquario è la magia in cui credo di piú.

Tuo padre ha rinunciato a insistere sulla vacanza a New York. Se è ancora risentito, non lo dà a vedere, perché mi ha accennato di aver ricevuto un invito da parte di alcuni amici a trascorrere una settimana in una grande casa di campagna appena fuori città. Prima di accettare, però, prende tempo. Forse spera fino all'ultimo che io cambi idea.

I nonni abitano in centro. Quando andiamo a trovarli, parcheggiamo la macchina a qualche isolato di distanza e ne approfittiamo per fare una passeggiata.

Abbiamo comprato delle pizzette, come quelle che mangi alle feste dei tuoi amici. Attraversiamo la galleria di un palazzo che mi piace molto, un marmo lucido e rosato impreziosisce il pavimento e sugli intonaci delle pareti interne sono rimaste disegnate le insegne dei vecchi negozi che occupavano l'edificio qualche secolo fa.

– Mamma, guarda!

Un violinista di strada si sta esibendo. Ti lascio la mano perché non c'è piú il pericolo delle macchine che passano, e tu corri verso di lui, gli saltelli a fianco. Poi ti metti a ballare in quel modo comico che subito cattura l'attenzione di tutti. Mi fai ridere come poche persone al mondo. Per applaudirti, una signora con i capelli bianchi ha posato una busta sul pavimento.

Ti piace ballare, ometto. A casa mettiamo i Beatles, cominci a saltare sul divano, ti faccio fare le giravolte. Pensi che io sia la tua giostra, ma in realtà è l'esatto contrario.

Quando ti stanchi, ti riappropri delle pizzette e mi riprendi per mano. All'uscita della galleria, subito dopo il cancello, incontriamo un signore accucciato in un angolo.

Vi siete intercettati con lo sguardo. Ti fermi, portandoti un dito alla bocca. Lui ha le mani annerite, nodose. Un cappello, liso almeno quanto la coperta che tiene stesa sopra le ginocchia, sputa ciuffi di capelli bianchi e crespi che non lava da molti giorni. Osservi con curiosità il cartone che lo separa dall'asfalto.

Mi guardi come per chiedermi qualcosa che però non ti viene. È la prima volta che la vedi in carne e ossa, la povertà.

Lui ha con sé un cane di piccola taglia. Non è un cucciolo e non ha molta voglia di scodinzolarti, ma s'intuisce che non è aggressivo.

Mi accovaccio, ti dico: – Amore, andiamo.

Ma tu resti fermo. – Mamma, – mi sussurri. – Come si chiama?

– Non lo so, domandaglielo.

Ti incoraggio ad avvicinarti. Procedi timido, quasi impaurito. La tua vocina si fa ancora piú esile, diventa un soffio. – Tu chi sei?

– Io Maurizio e lui Ben. E tu?

– Io Ghiego.

Vi lascio parlare qualche minuto, tanto non abbiamo fretta. Il signore è un po' distaccato, come il suo cagnolino, ma paziente. Mentre tu con lui sei piú delicato che con qualsiasi altro sconosciuto. Stai comprendendo da solo, senza che nessuno te le spieghi, le differenze. Altrimenti, proprio tu che sei nella fase del «tutto mio», non gli avresti offerto una delle tue pizzette.

Mentre gli porgi il sacchetto hai quell'aria orgogliosa di quando fai una cosa utile.

Dopo averne divorate un paio, cercando di nascondere la fame, il signore ti racconta l'origine della grande crosta che ha sul polso e di cui gli hai domandato.

– Una brutta caduta. Sono cose che capitano.

– Hai male?

– Non piú. Quando è successo, un pochino. Ma ora è dura, vedi? Praticamente è uno scudo.

– Come Capitan *American*.

Il tipo sorride. – Sí, come Capitan America.

Allunghi una mano, vorresti toccarla. Ma lui te lo impedisce. – Bisogna fare attenzione che non cada prima del tempo. Dobbiamo prenderci cura dei nostri scudi, no? Altrimenti, che scudi sarebbero?

Resti qualche secondo concentrato sulla crosta e sulla risposta, poi sorridi anche tu.

Nel frattempo, alle nostre spalle, il violinista ha smesso di suonare.

Mi stupisce il tuo essere camaleontico. Educato e gentile con chi intuisci essere in difficoltà, e scorbutico con chi ti è antipatico. Hai già una tua personalità, un tuo modo di vedere le cose. Mi fai comprendere che quello di cui ti parlo, anche quando sembra che non mi ascolti, ti arriva. Le mie parole sul battito d'ali di una farfalla, o la storia del tenersi per mano sopra questa enorme tartaruga che è la Terra, tu le traduci in semplici gesti.

Quando arriviamo dai nonni hai fretta di raccontare di Maurizio e Ben, e poi, certo, anche di andare con il nonno a cercare i bruchi.

Vedervi di spalle – tu e lui, che camminate nella luce fioca del tardo pomeriggio – mi restituisce un senso di appartenenza, e di compiuto. Anche con il nonno sei piú delicato e gentile. Forse perché ha i capelli bianchi, e un sorriso molto dolce. Un giorno mi hai chiesto: – Mamma, ma… Babbo Natale, nonno lo sa?

Chissà, magari per un attimo ti è balenato il pensiero che fossero la stessa persona.

Dopo cena, prima di metterti a letto e leggerti una storia, ti permetto di vedere un cartone animato oppure di giocare con qualcosa di tranquillo. Non ti piace disegnare, ma ti divertono le lettere dell'alfabeto. D'altra parte sei pur sempre mio figlio.

Stasera, con i cubi di legno, giochiamo a comporre il tuo nome.

Tengo in mano le lettere che, unite, ti identificano nel mondo, e penso a quanto abbia insistito con tuo padre per chiamarti cosí.

Non so dirti neanche bene il perché. Ho solo pensato che il nome «Diego» fosse adatto a un bambino vitale e sensibile come mi figuravo saresti stato. È un nome compatto, musicale. Nessuno può storpiarlo con diminutivi come si fa con la maggior parte dei nomi lunghi. È il nome di Zorro, anche se chiunque, sentendolo, penserà sempre prima al Pibe de Oro.

Nell'antichità, specie in Oriente, i nomi si davano solo qualche giorno dopo la nascita. Il padre prendeva in braccio il neonato, lo guardava e sceglieva il nome in base all'energia che gli arrivava, celebrando cosí la sacralità della vita.

Oggi si accorciano i tempi, anche in questo tipo di scelte, che invece sono sacre, perché nel nome che ti viene affidato risuona una parte del tuo destino.

Non mi ero mai accorta delle parole contenute nel tuo nome. Me ne rendo conto solo ora, mentre sposto i cubi sul tavolo insieme a te. E mi sorprendo, ancora una volta, di te, con te.

Nel tuo nome c'è la parola «Dio» e c'è la parola «Ego».

C'è la dualità che fa parte della vita, che farà parte anche della tua.

Dio ed Ego. Due parole cosí diverse che l'umanità ha rivestito nei secoli di molteplici significati, tanto che accostarle sembra quasi un invito a riflettere.

Quale sarà, da adulto, il tuo rapporto con la prima parola? Che significato le darai? Avrai fede oppure no? E in che modo ti rapporterai con la seconda: riconoscerai le insidie che nasconde, le darai il giusto valore?

Attraversiamo la vita come funamboli, senza mai soffermarci abbastanza sul nome che portiamo. Ma un funambolo non può distrarsi mentre, un passo dopo l'altro, cerca di raggiungere la meta.

C'è la corda e c'è il vuoto. Nient'altro. Se non l'equilibrio che lo tiene in piedi.

Non credere che si concentri solo sulla corda. Non riuscirebbe a fare quello che fa, se tutto il suo corpo e la sua mente non percepissero anche il vuoto intorno. È proprio l'esistenza del vuoto a rendere il suo percorso cosí emozionante.

Buffo che abbia scoperto la magia del tuo nome soltanto adesso. Mi domando se, di fronte alle insistenze di tuo padre per altre opzioni, l'abbia difeso per rispondere d'istinto a un bisogno di sacralità che vorrei un giorno poterti trasmettere.

Sto sperimentando sulla mia pelle che c'è un motivo per ogni cosa che accade. Stare in equilibrio sulla fune è una scommessa, ma lo è ancora di piú riuscire a cogliere sincronicamente i dettagli tutti intorno. Gli indizi che ci rivelano a poco a poco la mappatura del tragitto.

Ho cominciato a scrivere, te l'ho detto, per esorcizzare le mie paure. E piú mi dedico alla scrittura, piú imparo ad accogliere la vita che mi viene incontro, con le sue storie, le sue straordinarie coincidenze.

Scrivere, in fondo, è un po' come ridisegnarla. Ma forse lo stesso varrà per qualunque cosa deciderai di fare. Sarà un po' come ridisegnare la tua vita, di continuo. Piú cose conoscerai o saprai fare e piú coltiverai il tuo senso di fiducia. Proprio quello darà solidità e consapevolezza alle tue scelte mentre starai in equilibrio sulla fune. Farà luce sui tuoi momenti di buio, fino a quando, qualunque cosa riservi il finale, il buio stesso ti farà meno paura.

Chiudo il libro delle favole e ti rimbocco le coperte. Hai gli occhi rossi, pieni di sonno. Non farò in tempo ad allontanarmi, penso, che starai già dormendo.

Cosí, approfittando della tua stanchezza, spengo l'interruttore. Un secondo dopo la tua vocina mi raggiunge sulla soglia: – Mamma, luce.

La riaccendo, stirando le labbra in un sorriso.

Sto venendo a prenderti a scuola e sono bloccata nel traffico della Flaminia. Procediamo a singhiozzo. Una macchina mi sorpassa in un modo non proprio corretto. C'è una signora alla guida, e una bambina della tua età è seduta dietro. La donna sta scrivendo un messaggio al cellulare cercando di tenere d'occhio la strada.

Non posso dire di non aver mai parlato al telefono mentre guido, però provo a evitarlo quando sono con te. Anche se qualche volta capita la telefonata urgente, e non sono abbastanza svelta da infilarmi le cuffie.

Ma alla distrazione basta un attimo per far sí che quell'attimo diventi eterno.

Siamo diventati schiavi dei cellulari. E anche delle cose scioccanti che vi si possono trovare dentro.

Mi viene in mente lo sceneggiato *Belfagor*, che ha spaventato una generazione di bambini. Mi domando che paura potrebbe fare ai bambini della tua generazione.

Quando ero piccola mi piaceva ripetere questa frase: «Fermate il mondo, voglio scendere». Non potevo immaginare di quali impennate sarebbe stato capace.

Il mondo non si ferma, amore mio. E nessuno può scendere davvero. Possiamo solo concederci, talvolta, il lusso di osservarlo come da lontano. Se lo osservo attraverso i tuoi occhi, per esempio, mi fa meno paura.

È per concederti il tempo di essere bambino che, laddove potrò, cercherò di metterti al riparo dalle scene di violenza cui siamo quotidianamente esposti. E anche se, come aria gelida, cercheranno di entrare da ogni crepa e fessura nella nostra tana, ti prometto che terrò a bada gli spifferi.

Ma non potrò farlo per sempre. Anzi, ciò che è accaduto quest'estate mi ha dimostrato che il mio lavoro di censore sta per terminare.

Presto, molto presto, sarà il mondo digitale a irretirti, e nessun *parental control* mi darà garanzie di sicurezza sufficienti. Quando entrerai nella tua stanza chiudendoti la porta alle spalle, io potrò anche pensarti al sicuro nel tuo letto, ma so già che altre porte per te si apriranno, su luoghi a me sconosciuti, su punti di ritrovo gremiti di maschere senza nome e volto. Non so quanto di te deciderai di portare in quello spazio, dove per navigare purtroppo non sono richieste patenti. Quanto deciderai di fidarti, se sarai in grado di tracciare dei confini, di non lasciarti inghiottire. Soprattutto quando sarai un adolescente e, per sentirti parte del mondo, gli farai confidenze, proverai a metterti in mostra, ignorando che, in quel non luogo, non sono concessi passi falsi.

Da ragazzina ho tenuto per breve tempo un diario segreto. Aveva anche un lucchetto. Qualche volta lo rileggevo e me ne vergognavo. Allora strappavo le pagine, in particolare quelle scritte sull'onda di un disagio o di un'arrabbiatura. Poi lo richiudevo con il lucchetto.

La mia paura è che, come oggi succede a tanti ragazzi, tu possa un giorno confondere con quel lucchetto la password che userai per entrare in chissà quale social network. Che tu possa ritrovarti vittima, o peggio ancora carnefice. Che tu debba un giorno fronteggiare gli sguardi degli altri come fossero colpi da schivare, sputi o calci. O che possa essere proprio tu a sputare su qualcuno o qualcosa di cui non riesci a riconoscere la bellezza. Del resto l'adolescenza è un'età che ha bisogno di affermare sé stessa, a volte a discapito di qualcun altro.

Parcheggio Pappamolla sulla strada e mi avvio per raggiungere un gruppetto di madri che attende l'apertura del cancello.

Nell'attesa parlano di compiti, verifiche, iscrizioni ai centri sportivi. Una si lamenta del fatto che la figlia piú grande, tredicenne, abbia un'agenda fittissima «che neppure Obama». La scorsa estate è andata anche in Turchia a trovare un'amica.

– Ma prima o dopo il tentato golpe? – interviene un'altra madre.

– Dopo. Infatti a un certo punto non volevo piú mandarla. Avevo deciso di cancellarle il viaggio, di dire agli zii della sua amica che Giulia non poteva partire con loro. Con quello che si sente al telegiornale, chi ha piú il coraggio di andare all'avventura? Ma è stata proprio Giulia a farmi cambiare idea.

Siamo tutte interessate a capire come, a questo punto.

– Mi ha detto: «Mamma, io sono di questo mondo e sto costruendo la mia vita. Se non mi permetti di partire, significa che vuoi impedirmi di costruirla, che stai facendo gli interessi di chi sa solo distruggere». Vi rendete conto? Giuro, testuali parole. Tredici anni. Due settimane dopo mi ha mandato una cartolina da Istanbul.

Le parole di Giulia mi risuonano in testa anche quando il cancello si apre e mi avvio da sola verso l'ingresso del tuo asilo. Sto pensando a te che costruisci la tua torre di cilindri. Chi sono io per buttarla giú? Ti ho consegnato al mondo, ma ho anche il compito di consegnare il mondo a te.

Potrei difendere le mie paure dietro la giustificazione che «ai miei tempi» era tutto diverso. Non eravamo cosí esposti, cosí vulnerabili. Certe efferatezze erano brace sotto la cenere. Ma proprio ricordando il fastidio che avvertivo in quelle frasi fatte, cosí abusate, sento di dover provare sin d'ora a fidarmi di te.

Stai crescendo in un contesto diverso dal mio, con altri strumenti, altre abilità. E magari quella che io oggi considero un'aggressione costante da parte di una realtà sempre piú disinibita e pericolosa, tu imparerai ad accettarla, come un rumore di sottofondo.

Che sia paura di qualcosa che può accadere da un momento all'altro, come un colpo di Stato, un attacco terroristico o un folle che entra in una scuola e inizia a sparare, oppure paura di qualcosa che in fondo non pensiamo possa davvero accadere, come un conflitto atomico, perché confidiamo nel buonsenso di chi ci governa, impediamole in ogni caso di ingessare le nostre vite, di congelarle, perché ha ragione quella ragazzina: non si può smettere di costruire.

L'unica cosa che posso fare, mentre ti libero dal bozzolo, è farmi forte del pensiero che un giorno le cose che ti dico, magari questo stesso libro, saranno per te come una sciarpa di seta da tenere al collo. Ti daranno conforto.

E finché sarò in vita, amore mio, ti prometto che farò di tutto per rendere la nostra casa, la nostra realtà, un luogo in cui valga la pena fare ritorno.

Poi, in un attimo, sei fra le mie braccia. Ti lasci la confusione della classe alle spalle per ritrovare il tuo respiro stringendoti a me.

Sei felice, sollevato. Sei a casa.

Corriamo fino alla macchina, giochiamo a chi arriva prima. Faccio lampeggiare Pappamolla per farti vedere che ti sta salutando, e i tuoi occhi si accendono di meraviglia.

Un istante prima di avviare il motore, mando un messaggio a tuo padre: «Per il viaggio: ci ho pensato a lungo. Per me potete partire. Ma se la notte si sveglia di soprassalto e ti dice che ha paura del mostro bianco, tu digli che non c'è nulla da temere, perché papà ha i superpoteri. E mi raccomando, Valter: controlla almeno la faccia del pilota, prima di salire sull'aereo», poi sorrido, ricordando i tempi in cui a ogni decollo era la sua mano, quella che non smettevo di stritolare.

Spengo il telefono. Mi volto verso di te e ti dico: – Amore, papà ti porta a New York per le vacanze. Vedrai, è una città bellissima!

Fa freddo, e per reazione la casa si fa piú accogliente. Fuori tira vento e in tavola ci sono i bastoncini di pesce, quelli che ti piacciono tanto, e che mi ricordano che purtroppo, nonostante i buoni propositi di cibi freschi e di sicura provenienza, vado anch'io sempre di fretta.

Bibi, il tuo orsacchiotto bianco, siede in quello che fino all'anno scorso era il tuo seggiolone. Sei tu a volerlo a tavola con noi. Un giorno, dopo aver fatto il bagno, lo hai portato in salotto e mi hai detto: – Mamma, guarda che anche Bibi ha fame –. D'altra parte Bibi parla. La sera ti dice: «Abbracciami» e la notte ti rassicura. È sacrosanto che qualche volta abbia anche fame.

Ma Bibi a tavola è una presenza muta. Stasera non trovo una vocina per lui, qualcosa che possa dire di rassicurante. Forse perché sono io ad aver bisogno di voci intorno. Di confusione. Sono cresciuta in una famiglia numerosa, dove c'era sempre qualcuno che aveva qualcosa da dire o da fare. Non ho conosciuto il silenzio che stai conoscendo tu e che qualche volta si stende su di noi come una coperta che non scalda.

Il freddo là fuori mi riporta indietro, ai miei giorni migliori.

Anche se quando ti spio, cosí allegro e pieno di vita, sento che forse non c'è nessun vuoto da riempire, e che sono proprio questi, per te, i tuoi giorni migliori.

– Mamma, i mostri marini!

– Cosa?

– Li mettiamo nella nostra scatola magica, – mi spieghi, indicando il televisore.

Uno spot pubblicitario ti ha appena acceso un altro desiderio.

– Amore, mi sembra che nella nostra scatola abbiamo già messo un sacco di cose.

– Anche Pietro ce l'ha, la scatola? – mi chiedi del tuo amichetto di scuola.

– Certo, ce l'hanno tutte le famiglie che conosci.

– E Paola?

Paola è una mia amica che vive da sola, e ogni volta che viene a trovarci ti riempie di attenzioni.

– Certo, anche lei.

– E la famiglia di Paola, chi è?

– Zio Claudio e zia Carla, – rispondo, riferendomi ai suoi genitori.

Mi fissi perplesso. Intanto mi segui fino alla porta, dove sto mettendo il guinzaglio al cane per portarlo con noi a fare una passeggiata.

In ascensore mi guardi con un sorriso furbo e mi dici: – Pietro nella scatola si ha messo anche un camion dei pompieri.

Di famiglie ne stai conoscendo tante. Spesso giri l'Italia insieme a me quando m'invitano a presentare i romanzi, e abbiamo la fortuna di incontrare molta gente.

Ci sono le famiglie piú tradizionali, come quella di Giorgio e Valentina, con i loro tre figli e la loro casa che odora di formaggio e di allegra confusione. Poi c'è Viola, che vive con sua mamma Alice, e che non si domanda che fine abbia fatto suo padre, perché quando lei era ancora nel pancione lui è andato via. Ci sono Lucrezia e Arnaldo, che hanno un sacco di gatti, come Paolo e Lorenzo sono pieni di cani. C'è Marilú, che ha gli occhi a mandorla e un colore della pelle diverso da quello dei suoi genitori. Ci sono Paola e Giorgia, le gemelle, che hanno due papà, e Livio e Andrea, che hanno due mamme. Poi c'è anche Valentina, che chiama papà il compagno della mamma, e Francesco, che vive con il papà e con la donna che il papà ha sposato, Cristina, la mamma di Giulia. Spesso mi domando come possa, una persona che ha conosciuto un mondo con meno sapori, comprendere chi invece sin dalla nascita è stato abituato ad assaggiare tutto quel che c'è.

Una volta, durante un'intervista per un settimanale, mi hanno chiesto: «Cos'è per lei la famiglia?»

Non avevo una risposta, cosí mi sono limitata a dire che «una famiglia può anche essere composta da due persone che sanno prendersi per mano» e, dopo averlo detto, ho pensato che non ci fosse molto altro da aggiungere.

– Quando mi si dài la scatola? – domandi mentre c'incamminiamo lungo il marciapiede.

– È il tuo supereroe che decide. Tu fatti trovare pronto.

Hai lo sguardo fisso, sembri incantato.

– Alessandro del camion della spazzatura? – mi chiedi poi.

– Vuoi che sia lui?

Ti assenti di nuovo, come se stessi girando intorno a un pensiero che ti sfugge. A un certo punto ti accendi e stringendomi la mano mi dici: – No, voglio che è papà.

Rallento. Avverto uno sfarfallio nel petto. Ti sorrido. – Bene, e papà sia, allora.

– E quando mi si dà la scatola?

– Quando meno te l'aspetti. Ma soprattutto quando smetterai di chiederlo. E ricorda che controllerà che nella nostra scatola magica ci sia anche...

– Sí, lo so, – m'interrompi spazientito. – Se non sono buono, non si dà niente.

Non mi hai mai chiesto qual è l'ingrediente segreto e fondamentale. Mi rendo conto solo ora che, se lo avessi fatto, fino a pochi mesi fa ti avrei risposto banalmente: «L'amore».

Invece c'è un ingrediente che piú di tutti dovrà essere presente nella nostra scatola se vorremo realizzare davvero i nostri desideri. Un ingrediente cosí misterioso che non è facile tradurre in gesti o parole.

L'ingrediente fondamentale è: «Riappropriarsi del valore del tempo».

Soprattutto del tempo delle attese. Di ciò che ti separa dal giorno in cui il contenuto della scatola potrà concretizzarsi.

Qualunque progetto realizzerai, tenendo presente questo valore, sarà un progetto pieno. Come lo è per me il tempo che trascorro con te. Sei stato proprio tu a insegnarmi l'importanza di questo ingrediente, per come cambi ogni giorno, attraverso le parole che non storpi piú, le richieste sempre piú precise. Il numero di scarpe che aumenta ogni mese. I vestiti che subito ti vanno stretti. Non posso permettermi il rimpianto, un giorno, di non averti vissuto a pieno.

Per questo non desidero altro nella nostra scatola, se non la possibilità di mantenere accesa in me questa consapevolezza.

Lo so, non è una risposta da dare a un bambino della tua età. È ancora piú difficile della domanda.

Perché la verità è che le vostre domande di bambini non sono mai davvero difficili. La difficoltà sta nel pensiero che precede le nostre risposte, in tutte le ansie, le paure e le insicurezze che ci portiamo dietro.

Immagino il timore di Alice nell'aspettare la fatidica domanda di Viola su chi sia suo padre e sul perché se ne sia andato, o quello dei genitori di Marilú il giorno in cui lei chiederà loro chi avesse gli occhi a mandorla come i suoi. O la preoccupazione dei genitori di Paola e Giorgia, e di Livio e Andrea, quando i compagni di scuola cominceranno a interrogarsi sui loro due papà e sulle loro due mamme. E calcolo il peso delle loro risposte, anche le piú sincere, che si porteranno dietro molte notti insonni, confronti serrati, tortuosi ragionamenti. Conosco bene quel peso. So che presto arriverà il momento delle domande difficili anche per me.

Questa mia lettera è nata dall'esigenza di prepararmi a quel momento. Di riflettere insieme a te sulle cose che ci fanno e ci potranno fare paura. Già solo parlarne aiuta a ridimensionarle, anche quando nascono da contingenze che sfuggono alla nostra comprensione, come i fatti di quest'estate.

Non voglio che tra noi ci siano segreti o domande che senti di non potermi rivolgere. Se riuscissimo a parlare delle cose che accadono, come la morte, o di quelle che ci spaventano, come la guerra, senza averne soggezione, avremmo già compiuto un grande passo avanti.

Ho inventato con te la scatola dei desideri non solo per riempire di sogni e fiducia le nostre giornate, ma anche perché è il contraltare di un'altra scatola, non meno importante, quella del dolore.

La scatola del dolore è piena di oggetti magici che appartengono al nostro passato. Magici perché, solo a vederli, dentro di noi si aprono varchi che non sempre siamo in grado di attraversare. A volte perché il dolore è recente. Altre perché, pure a distanza di molto tempo, resta comunque inaccettabile.

Ogni dolore è a suo modo incontenibile, persino quando a scatenarlo è un piccolo oggetto.

Penso all'orsetto che giaceva sulla Promenade des Anglais, alle scarpette rosa insanguinate. Penso a ciò che hanno provato i genitori di quei bambini quando gli inquirenti hanno messo l'orsetto e le scarpette in una scatola. Possono degli oggetti cosí piccoli sprigionare un'energia cosí devastante?

Un giorno, forse, avrò il coraggio di aprire la mia scatola del dolore insieme a te, di far rivivere quella piccola vita che non c'è piú attraverso il racconto dei suoi oggetti. E sarà anche la nostra scatola dei desideri a darmene il coraggio.

Quando ci si salva da un evento terribile, come un terremoto, un attentato, o semplicemente la perdita di una persona amata, chi resta ha la possibilità di far rivivere chi se ne è andato attraverso il racconto.

Una volta le persone anziane si sedevano attorno al fuoco per dedicarsi a questa tradizione millenaria. Insegnavano ai bambini come te, Diego, che cos'era la paura, attraverso le ombre che si muovevano sinistre sui muri, ma avvolgendoli con il senso di protezione della comunità familiare.

Oggi quella tradizione si è persa, ma arriverà un giorno in cui anche io e te ci siederemo intorno a un fuoco, e se ne avrò il coraggio tirerò fuori dalla mia scatola un paio di scarpette da neonato con ancora il cartellino del prezzo attaccato, e ti racconterò che cosa significano per me.

Devi sapere, amore mio, che qualche volta anche il piú insopportabile dei dolori, come la perdita di un figlio, può riuscire a fare un po' di spazio alla speranza. Spesso, con l'aiuto di un altro tipo di famiglia, piú grande e forte di quelle che finora hai conosciuto. La famiglia solidale di un gruppo d'ascolto, un'associazione. La famiglia concreta e battagliera che si pone l'obiettivo di dare risposte a grandi domande.

Svoltiamo a destra sulla stradina dove ci sta conducendo Babú. Un cane si affaccia da un balcone e comincia ad abbaiare. Babú risponde con la stessa veemenza e ci fa sobbalzare. Corriamo in avanti, facendo attenzione a non pestare una grossa cacca al centro del marciapiede. Tu scoppi a ridere, perché ti piacciono gli imprevisti, cerchi sempre l'avventura.

– Mamma, – mi chiami poco piú avanti, quando la confusione si placa. – Ma io e te siamo famiglia?

È una domanda adulta, che mi coglie di sorpresa.

Sto pensando al modo piú opportuno di formulare la mia risposta, quando, come al solito, qualcosa interviene a distrarti.

– Mamma, guarda!

– Cosa?

– Una farfalla.

Ringraziamenti.

Nella lista che segue (rigorosamente in ordine alfabetico) ci sono le persone che, con contributi di vario genere, hanno reso possibile la realizzazione di questa lettera.

Cherie Calí e Francesca Valle, perché l'amicizia è una cosa seria, tanto quanto la maternità, e loro me lo dimostrano ogni giorno.

Ilaria Carlino, anche per questo libro non devo ricordarle il perché.

Angela Cortegiano, che alle 9.20 dell'8 ottobre del 2011, mettendo al mondo sua figlia, mi ha dimostrato che non c'era nulla di cui dovevo avere paura.

Pietro De Angelis, che da sempre mi guida.

Michaela Diena, perché, mentre scrivevo, le parole di suo nonno prima e di sua figlia poi, hanno risuonato dentro di me, e un giorno risuoneranno anche nella vita di Diego.

Corrado Ferrari, per le sue visite mediche che sono per noi sempre grande fonte di ispirazione.

Beatrice Fini, per le sue parole di mamma e per tutti i preziosi consigli che mi ha dato, non solo per questo libro.

Cristina Fischetti, perché alle 15.15 di quel 24 agosto mi teneva per mano.

Carla Foglietta, che respira ogni mio libro assieme a me.

Sandro Franchellucci, che ha visto una finestra piena di luce e ha detto: «Qui scriverai benissimo».

Alberto Gaffi, perché l'idea di questa lettera è nata insieme a lui.

Chiara Gamberale, l'altruismo per definizione.

Sergio Giunti, al quale devo moltissimo della scrittrice che sono diventata e ogni volta che abbiamo l'occasione di confrontarci mi insegna sempre che l'eleganza non ha bisogno di parole.

Manuela La Ferla, che ha corso insieme a me e mi ha dato coraggio.

Erica Lanza, per il prezioso suggerimento.

Elena Leonetti Luparini, che sopporta le mie invadenti letture a voce alta piú o meno da ventisette anni. E ha sopportato la lettura anche di questo.

Gaia Leonori, perché era madre molto prima di diventarlo, e perché da piú di vent'anni non fa che provare a indicarmi una direzione. E questa volta ho deciso di seguirla.

Gianni Mangione, perché il suo locale, *Met*, è la mia «stanza tutta per me».

Donatella Minuto, perché, se la mia scrittura ha trovato una misura e un'accortezza nuove in questi anni, è soprattutto merito suo.

Giulio Naldini e Valentina Briziarelli, che con la loro generosità, ormai divenuta tradizione, fanno sempre il tifo per me.

Stefano Pantanella, che chiamava Diego «Zorro» facendoci ridere come nessun altro, e perché di bene ce ne voleva tanto.

Rosella Postorino, per i suoi impagabili interventi.

Vicki Satlow, non solo per i cristalli.

Maurizio Squillante, la cui storia mi ha ispirato un passaggio che considero molto importante.

Il ragazzo che lavora nel negozio Icon, perché ha salvato il mio computer dopo che Diego ci era saltato sopra facendo finta che fosse una barca.

Chiara e Alessandro, che mi hanno offerto ospitalità e un pc in prestito durante questa folle e incidentata stesura, e che, insieme ad Alessandra, Francesco, Amelia, Luigi, Margherita e Selina, mi ricordano ogni giorno che siamo una grande famiglia.

E poi tu, Massimo, che sei ormai il punto del mio universo da dove tutto è cominciato.

Questo libro è stampato su carta contenente fibre certificate FSC®
e con fibre provenienti da altre fonti controllate.

FSC
www.fsc.org
MISTO
Carta da fonti gestite
in maniera responsabile
FSC® C115118

Stampato per conto della Casa editrice Einaudi
presso ELCOGRAF *S.p.A. - Stabilimento di Cles (Tn)*
nel mese di gennaio 2017

C.L. 23397

Edizione						
1	2	3	4	5	6	7

Anno			
2017	2018	2019	2020